小学館文庫

引越し侍

門出の凶刃

鈴峯紅也

JN054512

小学館

目次

引越し侍　門出の凶刃

——明屋敷《あけやしき》は漬け物樽《だる》も同じ。時が過ぎれば臭《にお》いが立つ。上手《うま》く漬かるか腐り果てるか。であれば、明屋敷番はただ住めばよい。腐臭あるときは勝手にな、我慢できぬほどに立ち上ってくるわ。そのときどうするかはさて、おぬし次第じゃ。

松平越中守定信《まつだいらえっちゅうのかみさだのぶ》

第一章　好漢登場

一

天明八年（一七八八）晩春。葉桜の季節である。

この季節になると水運の街、江戸は一気ににぎわいを増す。米、麦をはじめ、諸国から江戸表へ送られてくる品物が格段に増えるからだ。

大川の河口にほど近く、小名木川《おなぎがわ》が南手を流れる深川のにぎわいなどはまず、その最たるものであったろうか。

小名木川は房州の産物、とくに行徳《ぎょうとく》の塩を通す運河である。昔も今も赤銅色《しゃくどういろ》に日焼けした荒くれ者どもの喧噪《けんそう》が、この葉桜の季節から秋まで絶えることはない。

「退《ど》いた退いたぁ。退いてくれっ」

若やいでよく通る男の声がそんな深川の、五間堀《ごけんぼり》にかかる弥勒寺橋《みろくじばし》の北詰めに響いた。

深川を南北に走って小名木川と竪川《たてかわ》をつなぐ六間堀《ろっけんぼり》も、そこから鉤《かぎ》の手にわかれる掘留《ほりどめ》の五間堀も、にぎわいは小名木川の河岸道《かしみち》に負けない。舟人足や船大工が始終声をあげてやかましいほどだ。

その中にあって響く声は、言葉こそ少々荒かったが伸びのある声色《こわいろ》をもって、明らかに河岸道をふんどし一丁でうろつく者達とは違って聞こえた。

その証拠に、

「おっと、すまん。急いでるもんでな」

雑踏の中でぶつかりそうになった子守りの娘にきちんとわびる。舟に関わりの者ではこうはいかない。

そもそも男は、丁字茶《ちょうじちゃ》の薄袷《うすあわせ》を着流し、腰に大小を差し落としている。

「おっ。三左《さんざ》の旦那。急いでるたぁ、また喧嘩《けんか》かい。いいねえ。旦那のまわりぁ、いつもにぎやかでいいや」

男を見知っているのだろう船大工が、橋近くの堀に係留された高瀬舟《たかせぶね》から顔をあげる。

「うるさい。またってのはなんだ。したくてする喧嘩ではないぞ」

「飯の種ってかい。へっへっ。侍も辛《つれ》ぇやって、あっ、いやなに」

男にぎろりと睨《にら》まれ、船大工は首を竦《すく》めて高瀬舟の中にうずくまった。

この、船大工に気安く三左の旦那と呼ばれた男、名を正しくは内藤三左衛門成宗《ないとうさんざえもんなりむね》という。高く通った鼻筋と血色のよい唇は一見優男《やさおとこ》の雰囲気を醸《かも》す。が、五尺八寸（約一七六センチ）の長身にかいま見える肉のよじれと、全体浅黒く陽に焼けた肌と、つねに強い冴《さ》えた光をたたえる目によって、なにごとともかかわり薄く、波風立てずただ黙々と生きるだけの当節の惰弱《だじゃく》な侍とは、明らかに一線を画す男であった。

当年とって二十三歳は男盛りである。よくをいえば色気も薫る伸ばし放題の月代《さかやき》に、貧《ひん》も匂うのが残念だ。

とはいえ、三左は浪人ではなく、本所に屋敷を拝領するれっきとした幕臣である。ただし御役にも金にも縁のない、小普請《こぶしん》に組みする蔵米百俵（三十五石）取りの貧乏旗本ではあったが。

「おっと、こうしちゃおられん。飯の種、飯の種」

うかとしたつぶやきに、なんだやっぱり飯の種かいと堀から濁声《だみごえ》を投げ上げる船大工をもう一度睨みつけ、三左は弥勒寺橋を南詰めに駆け抜けた。

春深く、遅咲きの桜がちらほらとはなびらをそよ風に乗せるよい日和《ひより》であった。

深川北森下町《きたもりしたちょう》から南北の六間堀町を過ぎると、辻の左手奥に色鮮やかな幟《のぼり》のはためきが、それこそ行く手の空を埋め尽くすほどに見えた。深川神明宮《しんめいぐう》である。延命長寿の寿老人《じゅろうじん》を祀《まつ》ることで知られ、祭礼の日でなくとも江戸の庶民で大いに賑《にぎ》わった。

三左の目指す場所はその手前、南森下町にある縄のれんの一膳飯屋『千歳屋《ちとせや》』であった。

深川神明宮は西にすぐ六間堀をひかえている。参拝に向かう人だけでなく大八車や荷車も忙《せわ》しく行き交い、舟人足や水主《かこ》らもまじって、社前の通りはいつもごった返していた。

が、このときばかりは通りの流れによどみがあった。千歳屋の店先である。

(よしよし。間に合った)

三左は歩速をゆるめ、片頬を持ち上げてにんまりと笑いながら千歳屋に近づいた。

一膳飯屋ではあるが、千歳屋の主《あるじ》玄兵衛《げんべえ》は味自慢の凝《こ》り性で、深川名物の蠣《かき》や蛤《はまぐり》も扱い、ときには掘割揚がりの鰻《うなぎ》もさばく。

「だからぁ、お代はけっこうだと何度も申し上げてるじゃねえですか」

人だかりに近づけば、店の中から主の声が聞こえてきた。もとからでかい地声ではあるが、通りまで聞こえるとはだいぶいらついていると推察される。

「ご免。通してくれ」

三左は人混《ひとご》みを掻《か》き分けて前に出た。

店を覗《のぞ》けば、そう広くない土間の真ん中に、胡麻塩頭《ごましおあたま》の玄兵衛が赤い顔をして立ち、卓をはさんで手前には、いかにも悪人面《づら》をした二人の素浪人《すろうにん》が座っていた。もっとも、月代を雑にして無精髭《ぶしょうひげ》をはやせば、たいがいの男は悪人面になる。

「それこそな、主。儂《わし》らこそ何度も申しておるではないか。押し問答もな、もう飽きたわい」

素浪人の一人がゆっくりと立ち上がった。少しふらついている。卓の上には銚子《ちょうし》が何本も転がっていた。

様子からして、素浪人が難癖をつけているのは明らかだ。

見渡せば他の客はみな、手に手に自分の食い物やら銚子やらを持って壁際に退《ひ》いていた。それでも外に逃げたりせず、中にはその場で立ったまま呑《の》み食いを続けながら、興味津々に成りゆきを眺める者もいるのが江戸の、深川のよいところであろう。

火事と喧嘩は江戸の花。深川ではそれこそ、大輪の花である。

三左は敷居《しきい》をまたぎかけ、ふと考えていったんやめた。ちょうど、奥から店先の三左を認めた玄兵衛の女房が小さく手を振るが、それも見なかったことにする。

飯の種、飯の種と押っ取り刀で駆けつけたが、間に合ったのなら種より双葉、花が咲いてくれた方がいい。赤い顔ではまだ双葉だ。もう少し待てば、間違いなく玄兵衛の顔は青い花になるだろう。

「けっ。ただ呑みただ食いだけじゃ足りねぇってんですかい」

玄兵衛は吐き捨てた。

「あいにく、ご覧のとおりのしがねぇ一膳飯屋でしてね。四、五文《もん》でもいいってんなら帳付け紙に包みやしょうか。いいや、それじゃあ紙の方がまだ高《たけ》ぇ。なんなら、紙持っていきやすかい」

「おのれっ。武士を愚弄《ぐろう》いたすか！」

先の素浪人が卓を蹴った。銚子が震えて土間に落ちる。玄兵衛は男を睨んで動かない。とは、三左の出番にはまだ早い。

「まあまあ。秋葉氏《あきばうじ》」

今まで静かだったもう一人も立ち上がった。こちらの方がまだしも素面《しらふ》か。

「亭主。ことさらに我らも事を荒立てようというのではない。ただな」

男は卓の木椀を一つ取り上げた。

「まずい物に金を払わんのは当たり前。その上で、食わされた我らの身をどう案じてくれるかと、な」

いいながら無造作に傾けられた椀から土間に中身が落ちる。おそらく釜揚げにし、酢醤油《すじようゆ》であえた白魚《しらうお》だ。簡単なようだが、自慢げにからしがどうの、振り塩の加減がどうのと玄兵衛に胸を張られた覚えがある。

土間に白魚が散らばったとたん、玄兵衛の顔が赤を通り越した。見る間に青黒く変わってゆく。

（よしっ）

我しらず揉《も》み手《で》のうちに、三左は千歳屋の敷居をまたいだ。

「おわっ」

「うぐっ」

二人の素浪人には、いったいなにが起こったのかわからなかったろう。

「外の衆。気をつけろよ」

千歳屋の店内に音もなく滑り込んだ三左が、背後から浪人どもの襟首《えりくび》をつかんで順次投げ飛ばしたのである。

観衆は慣れたもので、三左の声を受けてすばやく外に道を空けた。

難癖の素浪人は二人とも宙を飛んで受け身も取れず、無様《ぶざま》に店先を転がった。

――よっ。日本一っ。

喧嘩のおりには必ずかかる合いの手のような称讃を無視し、三左はまず店主に向かった。

「なんでえ。三左の旦那かい。取り込み中だ。邪魔しねえでくれ」

怒りが抑えきれないのだろう。関係のない三左にも口調が荒い。いい感じだ。こめかみにもはち切れんばかりの太い青筋が浮いている。となれば、駆け引きには上々である。

「はっはっ。まあまあ」

下からぎょろりとした目を向ける玄兵衛に、三左は手近な卓から取り上げた割裂箸《わりさきばし》を五膳突きつけた。

貧乏旗本の懐《ふところ》は寂しい。春であっても木枯らしが吹き抜ける。

突きつけた割裂箸は一膳で二回、五膳で都合十回分の飯代の交渉である。以前たまたま三人組の食い逃げを防いだときには一膳と半、三回分の飯代で手を打った。

「どうだ」

玄兵衛は品定めをするように三左の顔と割裂箸を交互にながめた。一瞬にしてこめかみの青筋が消え果てる。

(ううむ。しまった。頃合いは読んだつもりだったが、五膳は少々欲をかき過ぎたか)

三左は内心で嘆息した。生き馬の目を抜くお江戸の商売人は誰もがしたたかだ。抑えきれぬ怒りであっても、損得の前にはねじ伏せる。

玄兵衛は無言で三左の手から割裂箸を三膳抜いた。

「お、おいおい」

いいかける三左より先に、

「その代わり、一本ずつ、つけやしょう」

と、これ以上取りつく島のない声で玄兵衛がいった。

意表を突かれて三左はつまった。交渉事は何度やっても商売人には、たかだか一膳飯屋の親父とであってもかなわない。

背後で浪人どもが起き上がる気配があった。ぐずぐずしてはいられない。このまま二人が逃げるか、あるいは三左に向かってきたら、あとで商売人にいわれることはたいてい大筋で決まっている。

逃がせば、

——あいつらの勘定、どうしてくれるんですね。

向かってくれば叩きのめさねばならないが、それにしたところで、

——頼んでなどいやせんが。

どちらも無駄骨《むだぼね》、いやそれ以上になるのは目に見えている。なら、都合四度の飯に銚子が一本ずつであれば考えるまでもない。

「受けた」

三左は二膳の割裂箸をまとめて真ん中で折り、ばらけた四本を懐に納め、短くつながったままの二膳を玄兵衛に放った。

割り符のようなものである。口約束は当てにならない。飯のたびに一本ずつ出し、

折り口を合わせて確かめるのだ。

「さて。ならさっそく、仕事といこうか」

三左は振り返って首を鳴らした。店先では、ようやく二人の浪人が起き上がるところであった。

群衆の輪が大きく広がり、みなの視線が熱を帯びる。

「おのれっ」

頭を振りながら遅れぎみの一人を無視し、まず怒気あらわに立ち上がって刀に手をかけた左方、酔いどれの浪人に向け三左は音もなく走った。瞬転の身ごなしである。

相手の腕が立てば三左とてむやみに動くことはしない。生き死に事になるからだ。だが、酔いを差し引いたとて腰の定まり、目の配り、どちらをとっても浪人は大した腕には見えなかった。ならば先手必勝に限る。それが喧嘩の定石だ。

「う、ぐっ」

刀を抜きかけた姿勢で驚愕《きょうがく》に目を引き剝《む》きつつ、浪人は固まったようにして動けなくなった。気負いも衒《てら》いもなく浪人の懐に飛び込んだ三左が、刀の柄尻《つかじり》を押さえ込んだからである。

浪人に顔を近づけ、三左は莞爾《かんじ》として笑った。見る者によっては存外人懐っこく見える笑みであろうが、この場においては白光《しらびか》る目と相まって凄《すご》み以外のなにものでもない。

「その腕じゃあ無理だ。刀が泣くぜぇ」

力まかせに抜きかけの刀を鞘《さや》に押し込むと、反対の手で三左は浪人の顔を思い切り殴りつけた。

声もなく浪人が膝《ひざ》から崩れ落ちると、人だかりの中から歓声が上がった。

目を右方に転じればもう一人、いくぶん素面であった浪人がようやく立ち上がり、刀を抜くところであった。それなりに身構えはできている。こちらのほうが腕は上か。

腰を定めて佩刀《はいとう》の鯉口《こいぐち》に指を掛け、三左の目が底光りを増した。

――おっ。

群衆の最前から誰かの驚嘆が聞こえた。浪人が抜き身を上段に差し廻したからだ。が、それよりなお早く、陽光を撥《は》ねて銀色の煌《きら》めきが地からほとばしった。

風が二度唸《うな》った、としか人々は認識し得なかっただろう。

先の浪人同様、それで二人目も動けなくなった。三左の一刀の切っ先が、刃を上に向けて喉元《のどもと》一寸（三センチ）に突きつけられていたからである。上段の刀を振り下ろすことなどできようもない。

浪人は震えるようにわずかに身を揺すった。すると、胴回りからなにかが地べたに落ちた。

薄汚れた財布であった。三左の腰間《ようかん》を発した白刃《はくじん》は、喉元に走る前に、まず浪人の着物を切り裂いていたのである。

うつろに動かす目の端に己の財布を認めたか、浪人のこめかみから汗が流れた。

三左は峰を返し、ただ、切っ先の向きと目は浪人から動かすことなく、膝を沈めて地べたの財布を左手に取った。

持ち重りで多寡《たか》を確かめ、気配で背後の玄兵衛に放る。

「玄兵衛、ほどほどにしておけよ。まあ、欲かこうにも大して入っちゃいないがな」

「へ、へえ。なら倍がほどで」

三左の剣技を目の当《ま》たりにして、今だけではあろうが玄兵衛の声が神妙である。

「倍、な。そうだな。いいところだろう。それ以上抜いたら、こいつら今晩にも追い剝《は》ぎに早変わりだ」

戻る財布を後ろ手に受けると、三左は切っ先を下げて代わりに財布を突きつけた。

「ほれ」

だが刀を振り上げ三左を睨んだまま、浪人は動かなかった。いや、動けないというのが正しいか。

「無法を働くにも相応の腕がいるだろうに。そんなんでよく刀を抜いたもんだ。そのままではおぬしら、長生きできんぞ」

嘆息を洩《も》らし、三左は財布を浪人の前に投げて刀も納めた。不意打ちの斬撃が襲い来ることは考えなかった。小刻みに動く目を見れば、浪人の心がすでに折れているのは明白であった。

終わりと知って、人だかりも三々五々に散り始めていた。背を返せば早、玄兵衛の姿もそこにはなかった。

浪人らを振り返ることなく、三左は千歳屋の暖簾《のれん》を潜《くぐ》った。

土間で割れた銚子をかたづけていた玄兵衛が顔を上げる。

「なんですね。それ以上はなしですぜ」

「いやいや。それはわかっている」

いうと同時に、三左の腹の虫がけたたましく鳴った。

苦笑しつつ、三左は懐の中から先の割裂箸を一本つまみ出した。

「さっそく飯と一本、もらおうかとな」

喧嘩の凄みなどまるで別人であったかのように、三左は人懐こい笑顔を見せた。

「……って、なんとまあ。天下のお旗本が、そこまで金欠ですかい」

「まぁ、そういうなよ」

玄兵衛の呆《あき》れ顔を笑顔のまま受け流し、三左は手近な卓の空樽に腰を落ち着けた。

なんといっても三左は、目が回るほどに腹が減っていた。

二

内藤三左の屋敷は、本所の南割下水《みなみわりげすい》の掘留にあった。幕府御竹蔵《おたけぐら》の真東、深川からだと竪川にかかる二之橋《にのはし》を渡り、本所亀沢町の辻をそのまま北に上がった辺りである。

本所は深川よりなお、大名家の上下屋敷から微禄の小役人や御家人の小屋敷、寺社、それに町並地《まちなみち》がいりくんで雑多なところであった。三左の屋敷も弘前《ひろさき》藩津軽越中守《えっちゅうのかみ》上屋敷のすぐ近くにある。その逆の方向には回向院《えこういん》があり、小腹が空《す》いてなにかしらと南にぶらつけば、本所相生町《あいおいちょう》五丁目の蕎麦《そば》屋は近かった。

内藤家は俸禄《ほうろく》こそ蔵米百俵の微禄であるが、家格からか、拝領屋敷は三百五十坪と広かった。なんといっても三左の家は、血脈をたどれば内藤信成《のぶなり》にまでさかのぼる上々等の家柄、その傍流なのである。

内藤信成は、東照大権現徳川家康《とうしょうだいごんげんとくがわいえやす》の異母弟である。母は侍女として松平広忠《まつだいらひろただ》のお側《そば》近くに上がっていた、剣聖小野次郎右衛門忠明《おのじろうえもんただあき》の娘であった。

父母から武辺の血を濃く受け継いだ信成は、家康の弟であることに甘んじることなく武将として戦さ場に功を重ね、力で従五位下豊前守《じゅごいのげぶぜんのかみ》、近江《おうみ》長浜四万石の城主にまで登り詰めたという。

三左の家は表向きにはこの信成の傍流の、三代将軍家光《いえみつ》の代に禄高千石で書院番士となった信直《のぶなお》が家祖であるが、それは正しい由緒ではない。

実はこの信直には嗣子《しし》がなく明暦二年（一六五六）、明けて大火の年、いったん廃絶の憂き目を見たのである。

それを大火のどさくさに紛れ、己の一子左近《さこん》をして、蔵米百俵とはいえ直参《じきさん》の旗本として復興させたのが、なんと直前まで大坂城代を務めていた、内藤家直系三代の信《のぶ》照《てる》であった。

時は旗本奴《はたもとやっこ》と町奴《まちやっこ》が江戸の市井《しせい》に覇を競って激突した時代である。末子ということもあり、左近もずいぶんと無頼に生きたようである。

無頼も無頼の、大無頼。町奴の顔役、世に名高い幡随院長兵衛《ばんずいいんちょうべえ》にも刀を抜けば、同じ直参にして旗本奴の首魁《しゅかい》、水野十郎左衛門《みずのじゅうろうざえもん》にも喧嘩をふっかけたという。

父信照の奔走は無法者に対する厄介払い《やっかい》とも、末子に対する溺愛ともさだかではない。ただ左近が、

――ああ。世が世なら、百万石の男であったろうに。

と、父を嘆かせたとだけは三左の耳にも伝わっていた。

いずれにしてもこうして、傍流にもかかわらず直系の血脈を持ち、三左の家は天明まで生き長らえてきたのである。

それにしてもこの左近、生き様から見ても信成系内藤家の中では初代の血を一番濃く受け継いだようで、三左の家は左近以降四代を数えるが、当主はみな、剣を取っては腕に覚えのある者ばかりであった。

もっとも、一国一城が夢ではなかった戦国の世も、異装で大通りを闊歩《かっぽ》できたかぶき者の世も遠い。直系傍流の別なく、内藤家もほかはみな大名だったり大身の旗本だったりする。つまりは泰平にあって法度《はっと》に縛られ、家名を保つために汲々《きゅうきゅう》とするところばかりである。

貧乏ではあるが、いや貧乏だからこそ、剣を取って気随《きずい》に生きられるのは、広く親戚中を見渡しても三左の家だけであった。

父祖来の、武辺の血を絶やさず――。

直系三代内藤信照の深意は、もしかしたらそんなところにあったのかもしれない。

三

この夜、三左は屋敷の庭に建てられた小さな道場にいた。いや、作りが板葺《いたぶ》きに広い板間の道場だというだけで、正確にいえば道場ではなく、賭場《とば》である。

盆茣蓙《ぼんござ》を囲んで晒《さら》し巻きの中盆《なかぼん》、壺振《つぼふ》りから客まで男ばかりが、狭い中に都合十五人ほどひしめいていた。

「だからな、爺さん。多くは望まないと再三いっているだろうに」

入ってすぐの賭場の隅、胴元の近くで三左は小柄な老人に膝を詰めた。要求は所場代の値上げである。

といって、この老人は胴元ではない。胴元は老人の左隣の、簡易な衝立《ついたて》の中でにやにやしながら三左と老人のやりとりを眺めている堅太《かたぶと》りの男だ。

「はん。なら儂も再四申すが。嫌なこったわい」

老人は煙草《たばこ》を吸い付けてぷかりと吐いた。

この老人、名を内藤次郎右衛門成重《なりしげ》という。かぞえの六十二歳で、つまり、三左の祖父である。

内藤家は当主が初代の通称、三左衛門を代々受け継ぐ。成重の次郎右衛門は三左の父、婿養子の兵四郎《へいしろう》に家督を譲るときに自ら決めた通称だ。初代の母方、小野次郎右衛門忠明にちなんだものだが、じつは剣聖の称など畏《おそ》れ多くて誰も名乗れないでいたという。それを名乗って恥じないのも傲岸《ごうがん》だが、文句をいう者は親戚筋にも誰もいなかったらしい。

実際、それほどに次郎右衛門成重は剣を遣った。若い頃はずいぶん苛烈《かれつ》に生きたようで、ある時期などは日本橋蛎殻町《かきがらちょう》に一刀流《いっとうりゅう》の道場まで構えていた。

ただそれは、厳密にいえば次郎右衛門の道場ではない。

聞けば、

――師を超えたによってな、追い出した。腕は立ったが、ねちねちとして嫌な奴でな。

と、次郎右衛門は快活に笑うが、真相は次郎右衛門の腕を妬《ねた》んだ師一派の闇討《やみう》ちが因《もと》であったらしい。

主を失った道場で次郎右衛門は、己を慕う者達に請われて、五年ばかり似非《えせ》道場主を務めた。五年でたたんだのは、ただ飽きたから、だという。

――それでも、なおという者がおってな。勝手にここに道場を建て始めた。まあ、もらえるものはもらっておくに限るからな。好きにさせておいたが、そのお陰で十年は誰かしらが道場にやってきて参ったわい。

それが現在、賭場に様変わりしている道場である。三左の血と汗も染み込んでいるが、今は道場としては使っていない。

十年前の、今と同じ葉桜の時期であったか。稽古と称して三左と向き合った次郎右衛門は、構えたかと思うなり一瞬目を白光らせてから、木刀をからりと捨てた。

――もうそろそろ、本気がからむ。やめとこうかの。

この日以降、次郎右衛門が木刀を持って道場に立つことはなかった。三左はその後しばらく、ほぼ月単位の猫の目変わりで、次郎右衛門の知る様々な道場に出されることとなった。

使われなくなって久しい道場に蜘蛛《くも》の巣も張らず、かえって磨き抜かれて今もあるのは、賭場として使っているからだ。磨き抜くのは当然、三左でも次郎右衛門でもない。胴元の手の者達であった。

胴元は名を、仏《ほとけ》のという二つ名を持って伝蔵《でんぞう》という。三十五にして押し出しがいい。十手《じって》を与《あずか》る御用聞きでありながら博徒の親分、いわゆる二足の草鞋《わらじ》を履く男である。

「昔は昔。もう、ここは俺の屋敷だぞ。なのに、なあ」

三左はぐるりと賭場を見渡した。灯明六つばかりを立てた薄暗い中に男達の熱気が男臭さとともに籠《こ》もっていた。丁と半と声がするたびに、喜びと溜息《ためいき》が太く流れる。

最前から三左がごねているのは、その所場代のことである。

「なあ、爺さん。教えてくれ。どうして当主の俺に関わりなく、賭場が立つんだ」

「教えるほどのこともない。元は儂の屋敷だからに決まっとる」

次郎右衛門は即答した。

「それに、所場代は払っとるだろうに」

「あれっぽっちの、手のひらに乗るような銭でか。場末の茶屋で酒の二本も頼んだら終わりの、あれっぽっちでか。冗談じゃない。餓鬼《がき》の小遣いじゃないんだぞ」

三左は鼻息荒く言い募《つの》った。盆茣蓙を囲む客達から幾筋かの、興味丸出しの視線があった。負けている奴らの、いつものことだ。勝っていれば賽子《さいころ》に集中してまわりの雑音など聞こえまい。

――ご同輩、始まりましたな。

――そのようですな。毎回毎回、よくやりますわ。

――懲《こ》りない若さが、いいですな。

――いやいや、ただ短慮なだけかもしれませんぞ。

聞き流す。いちいち突っかかっていてはきりがないし、喧嘩にでもなれば賭場はその場で手仕舞《てじま》いとなる。前にも二度ばかりそんなことがあったから身に染みている。値上げどころかその日のささやかな所場代さえ減ることになる。それでは本末転倒なのだ。

「ええとだな、爺さん」

三左は咳払《せきばら》い一つで話を継いだ。

「昨今の神社や寺は広さに応じて十両から二十両が相場。祭のときには倍になるとか。どこの屋敷の中間《ちゆうげん》部屋に行ったたって小判は間違いなし。近くの津軽屋敷などは、五両になんと歩合がつくというぞ。小判だ、小判。少なくとも聞き歩いた限りでは、銭でじゃらじゃらもらうところなどひとつもない」

「……調べたのか」

「おう。調べた」

胸を張る三左を斜にながめ、次郎右衛門は深い溜息をついた。

「暇な奴じゃ」

憐れみさえ感じさせる目が、なぜか三左の心に痛い。

「三左。なら当然、ここの揚がりもどのくらいかはわかっとるんじゃろうな」

「……は？」

次郎右衛門の溜息がますます深い。

「この場のどこに、大枚が落ちているというんじゃ」

いわれて三左は背後、盆茣蓙の周囲を見た。

視線を避けようと慌ててさがる顔もあるが、ぜんたい姿格好で見当はつく。みな見知った近所の、どれも頭に貧乏がつく旗本や御家人ばかりだ。はたから見れば賭場の広さからいっても繁盛の様相だが、大身の旗本、商家の主などは一人もいない。盆茣蓙に出された駒札も薄っぺらく寂しい。全員に懐の財布をそっくりそのまま出させたとて、二十両は夢の話で、十両はおろか五両にだとて果たして届くか。有り金全《すべ》てでそれならたしかに、賭場の揚がりも高《たか》が知れる。

——丁方ねぇか、丁方。ってぇか、なあお客人方、頼むぜ。こうぱらぱらじゃあ丁も半もねえ。盆に駒札自体が足りねぇよ。

博打《ばくち》を仕切る中盆の声が、内藤家の賭場になさけなく響いた。

はて、と三左は考える。自分の屋敷で博打を打つ気にもなれずまた、顔を出すのは次郎右衛門に膝詰め談判をするためだけだったから気づかなかったが、昔はもう少し真っ当な客がいたような気がする。

「倹約倹約、文武文武とな。ご老中が北八丁堀のお方に代わられてからこのかた、ここも寂《さび》れる一方じゃ」

次郎右衛門がいう北八丁堀のお方とは、それまでの田沼主殿守意次《たぬまとのものかみおきつぐ》の失脚により、前年の天明七年（一七八七）に老中首座に就き、今では将軍補佐を兼務する白河《しらかわ》藩の、松平越中守定信《えっちゅうのかみさだのぶ》のことである。

「昔はもう少しよかったがの。おぬしより前に、儂こそ歩合を上げねばと思っとるところじゃ」

「は。ええっ！」

これまで聞かぬふりの伝蔵が、次郎右衛門の隣で目を丸くして頓狂《とんきょう》な声を上げた。

伝蔵にしてからが寝耳に水の話らしい。

「ご隠居。そんな殺生《せっしょう》な」

声に悲痛さが聞こえた。

「今でさえ割りに合わねえってのに」

「なんじゃな。嫌々だと」

次郎右衛門が睨む。年経てなおというか、眼光は驚くほどに強い。

「い、いえ。なにもそこまでは」

伝蔵は口をもごつかせていいよどむ。次郎右衛門を前にして、二足の草鞋の威厳はかけらもない。

「おい伝蔵。今の歩合は」

三左が聞きとがめて割って入った。

「四分六で」

声は小さい。

三左はほうと感嘆を洩らした。

「四分か。爺さん、ずいぶん取ってるな」

次郎右衛門は答えず、うまそうに煙草を飲む。

「……旦那。間違っちゃいやせんか。あっしが四分で」

代わって、必死に訴えるがごとく答えたのは伝蔵である。

「はぁっ」

三左は目を丸くしたが、

「ふん。そんなでは吉原《よしわら》遊びも満足にできんぞ」

次郎右衛門は平然とした顔で受けた。

「よ、吉原って。通ってるのか」

「たまに、の」

還暦を二つ過ぎても、元気なことだ。いや、感心している場合ではない。次郎右衛門は吉原で、なぜ自分は場末の茶屋で女っ気《け》もなく酒二本なのか。

「なんだなあ。爺さん」

三左は視線を泳がせ、頭を掻いた。

「……なんどもいうが、今は俺の屋敷だぞ。俺が当主だぞ」

「だからどうした。住んどる年月なら、儂はおぬしの倍以上じゃぞ」

「そういう話ではないだろうに」

「これはな、儂が預かりおるうちに儂の裁量で始めたことじゃ。そのお陰というのもなんじゃが、おぬしの姉らを立派に育て、それなりの家に嫁がせられたのじゃ」

次郎右衛門は煙管《キセル》の雁首《がんくび》を煙草盆に打ちつけた。

「手を合わせろとまではいわんが、少なくとも文句をつけられる筋合いはないな」

それをいわれると、三左にはぐうの音《ね》も出ない。

十年前、道場で賭場を開くとして仏の伝蔵を連れてきたのは次郎右衛門である。

たしかに当時、三左はなにも決められる立場になかった。三左の両親は、母文采《あやめ》が三左を産んですぐに他界し、父兵四郎も三左が八歳のときにすでにこの世を去っていた。姉は二人いるが、男は三左一人だ。

必然として、以来三左が元服を果たすまでの七年、後見として内藤家を仕切るのは前の当主である次郎右衛門の役目となる。

三左の父兵四郎は良くも悪くも金銭に頓着《とんちゃく》しない人であった。が、代わった次郎右衛門は、特に三左に対して思いっきりのけちであった。姉二人もどちらかといえば次郎右衛門に追随《ついずい》する。お陰でというかそのせいでというか、以来三左の金銭感覚は支《し》離滅裂《りめつれつ》である。あっても使わず、なくても使う。三左の中では父と祖父が組んず解《ほぐ》れつのごちゃ混ぜであった。

ともあれ——。

次郎右衛門は十年前、伝蔵にただひと言〈身ぐるみ剝ぐな〉とだけ厳命して道場を賭場にした。

「おこぼれに頼るでない」

煙管の先をぴしりと、次郎右衛門は三左に突きつけた。

「おぬしはおぬしの裁量で稼げばいいじゃろうが。それがな、貧乏旗本というものの宿命じゃ」

虚を突かれ、三左は思わずのけぞった。虚実、この辺の息を読むのは若さや腕っ節ではない。年の功だ。老獪《ろうかい》さにはかなわない。

「左様でございます。大殿のおっしゃられますとおりにて」

戸口から別の男の声がした。低く素《そ》っ気《け》ないが、よく通るから聞こえなかったふりができない。始末に負えない。

「あちゃぁ」

三左は天井を見上げて嘆息した。

現れたのが見なくとも、今年五十になる胡麻塩頭の男だということは、慇懃《いんぎん》無礼《ぶれい》を隠しもしない声だけでまるわかりである。三左にいわせれば小者《こもの》ということになるが、男はみずから内藤家の用人を任じてはばからない、嘉平《かへい》という老爺《ろうや》であった。

盆に湯飲みをひとつ載せて三左らのほうに寄ってくる。

これで、内藤家に住み暮らす男ばかり三名が勢揃いである。蔵米百俵ならそんなものだろう。陪臣《ばいしん》が小者一人だけとは則に照らせば足りないだろうが、俸禄がさがればさがるほど、決まりや体裁などには誰も頓着しない。頓着しては飯が食えないのだ。

晩春は、夜が更けるとまだ肌寒い。

嘉平が運ぶ茶からは湯気が白く立ち上り、若葉を思わせるよい香りがした。上等な茶葉である。誰のための茶であるかはいわずもがなであった。そもそも三左は屋敷の小者であっても、嘉平に茶を入れてもらったことなど数えるほどしかない。

案の定、嘉平は湯飲みを次郎右衛門の前に置いた。当たり前のようになにもいわず取り上げ、ひとくち啜《すす》って次郎右衛門は満足げである。

この嘉平は次郎右衛門が若い頃、どこぞで拾ってきた男だという。生国も来歴も三左は知らない。ただ、三左の記憶の中では常に次郎右衛門の傍らにある。能吏《のうり》といえば能吏で、掃除や洗い張りにもそつがなく、針も使えて料理が上手《うま》い。重宝しているといえばこの上なく重宝している。だからあまり強く三左も出られない。

しかし、それに増長してではないだろうが、常に三左には慇懃無礼だ。三左を殿といちおう呼びはするが、次郎右衛門をご隠居でいいとなんどいっても聞く耳持たず大殿と呼ぶ。犬ではないが、嘉平にとって内藤家の序列は、次郎右衛門、嘉平、三左、にきっと定まっている。

この日の朝をとってもそうだ。

――はて。このような時刻に起きられましても、当然、朝餉《あさげ》などはございませんが。

嘉平がこういえば徹底的に、飯のひと粒さえ出てこない。寝過ごしたほうが悪いといわれればそれまでだが、だからといって毎朝日の出と張り合う爺様二人と同じ生活などできるわけもないのだ。

が、このようなとき三左は黙るしかない。寝坊はたしかに非だ。わずかでも非があって言葉を荒らげれば、嘉平は能面のように固まった微笑《ほほえ》みで聞き、黙って引き下がり、そしてこちらが謝るまで絶対、二度と、金輪際《こんりんざい》、三左の飯を作らない。

――しつけも私めの忠義でございますから。

二十歳《はたち》を超えた当主に、平然といってはばからない。

嘉平とはそういう男であった。

盆を膝前に置き、美味《うま》そうに茶を啜る次郎右衛門に一礼してから、嘉平は三左に向き直った。

動く慇懃無礼の、浅黒く皺《しわ》深い顔が驚くほど近くにくる。

「だいたい殿は日頃から狙うもの狙うもの、的はずれかその場しのぎで。才覚なき主に従う僕《しもべ》ほど、つらくみじめなものはなく」

嘉平は袖口《そでぐち》で目尻を押さえた。

振りにして芝居である。嘉平の涙など生まれてこの方見たことはない。だが、声の震えは迫真である。盆莫蓙から単純な客らが首を伸ばす。

「ああ。わかったわかった」

三左は最後まで聞かず両手をあげた。

身体《からだ》も口も達者な老爺二人そろってはかなうわけもない。降参である。

「へっへっ。旦那も負けっ放しですね」

斜め前で薄く笑う伝蔵を睨む。

「やかましいぞ、伝蔵」

笑いと睨みが、中空でからむ。

やがて、ほぼ同時に二人の肩が落ちた。

「……むなしいな」

「……まったくで」

次郎右衛門の茶を啜る音だけが、一人勝ちの様相を呈して賭場に響いた。

四

堅太りの胴元、仏の伝蔵の生業《なりわい》は口入れ屋であった。浅草で山脇屋《やまわきや》という店を営んでいる。大店《おおだな》や大身の旗本、大名家にも中間や節気雇いを入れているという。顔が広く目端《めはし》が利いて、昔から羽振りはいい。

そんな伝蔵がおよそ二十年前、町中を肩で風切って歩いていた十代の頃、調子に乗ってというか、不運にも喧嘩をふっかけたのが三左の祖父、次郎右衛門であったらしい。一説には次郎右衛門のほうから売ったともいうが、この話になると次郎右衛門は笑うだけで黙り、伝蔵は苦虫を嚙《か》み潰《つぶ》したような顔になってそっぽを向く。

なんにしても四十そこその、剣士として脂《あぶら》の乗り切った次郎右衛門に腕っ節だけで勝てる道理などなく、散々に叩きのめされて以来、伝蔵はまったく次郎右衛門に頭が上がらないという。

いいか悪いかは知らず、それが内藤家と伝蔵の縁となり、伝蔵は道場で賭場を開帳するようになったのだ。

「旦那」

「ああ？　なんだい」

「お願ぇできやすか」

こう伝蔵が三左に声をかけてきたのは、夜更けて博打が手仕舞いとなった直後のことであった。

帰路、浅草までの用心棒をということである。夜道が物騒なのはいつの時代も変わらない。近頃は滅多になかったが、昔はよく頼まれた。博打場に上客が多かったときか、伝蔵が三左の金欠を見かねたときだ。

「おうおう。また小銭稼ぎか。よく稼ぐのう。小銭は」

「お励みなされ。小銭も積もれば山になりますぞ。小銭の大きな山に」

次郎右衛門の嘆きと嘉平の妙な励ましを聞き流し、三左は大小を腰に差し落としながら表に廻った。

三左の屋敷から浅草は、まず御竹蔵に突き当たって右手に折れ、大川端に出て北に向かう。そうして大川橋《おおかわばし》（吾妻橋《あずまばし》）を渡れば、もうそこは浅草の広小路である。外には伝蔵のほかに中盆、壺振り、若い衆が二人、それに政吉《せいきち》という山脇屋の手代《てだい》にして下っ引きが待っていた。全員が腰に長脇差《ながどす》を差していた。

「さて。行くかい」

へいと頷《うなず》き、若い衆二人と政吉がぶら提灯《ちょうちん》を提《さ》げて先に立った。

星が瞬《またた》くだけの、ほぼ暗夜であった。

二十七夜ともなれば月の出は遅い。

真夜中である。

往来に人影は皆無であった。

途次《とじ》、伝蔵の文句と野良犬の遠吠えだけが人気《ひとけ》ない道に響いた。

――うおぉぉぉん。

「ご隠居様はご老中がどうのっていってやしたがね。いや、それもねぇわけじゃねぇが、どっちかってぇと場所だ。場所なんですぜ、三左の旦那」

――うおぉぉぉん。

「貧乏侍ばっかしで。下手《へた》したら張り金より、用意の茶や菓子のほうが高ぇときたもんだ。こないだなんか、餓鬼連れてきた奴がいやしたぜ。張りもしねぇでただ食って帰りやがった」

——うおん。おん。

「あんなちんけな賭場は見たことねえ。それを開いてる、いや、開かされてる自分が情けねえ」

どちらかといえば野良犬より伝蔵のほうがうるさい。

「ふうん」

三左は懐手を内から出して、顎《あご》を撫《な》でた。

たしかに昔は毎月三と七の夜、都合六度の賭場が立っていた。深くは考えなかったが、今では七の夜だけだ。伝蔵の話によれば、当初は当て込んだとおりの大身の旗本や商家の主でそれなりに儲かったようだが、場所が本人のいうようにまずかった。

大名家の上下屋敷はあるにはあるが、それ以上に本所南割下水は、軽輩、微禄者の巣窟《そうくつ》のような場所なのである。

探してまで博打を打ちに行く金などない軽輩、微禄の者にも興味はあったろう。

そんな者達のど真ん中に博打場ができたのだ。

いつのまにか近隣の貧乏旗本や御家人が小遣い稼ぎにか、ちらほらと顔を出すようになり、瞬く間に増殖し、いつしか生活費を稼ごうとし始めて、賭場は一気に荒れたというか、急にしみったれたらしい。

それで、たいがいの金持ちは来なくなったという。うなずける話だ。一枚二枚の駒札もそろわぬ賭場に、わざわざ遊びに来る分限者《ぶげんしゃ》もいない。富者は富者なりの賭場に行けばいいのだ。

四年が盛りであったと、伝蔵は夜空に星を見上げた。

五年目から、六度の賭場は三度に減った。次郎右衛門は文句をいったらしいが、このときばかりは伝蔵の必死さが上回ったと聞く。

そんな賭場でも続けてこられたのは、伝蔵顔見知りの大名家の家人《けにん》や問屋の主連中がたまに顔を出すからだ。

だがそれら頼みの綱の上客も、老中田沼意次が失脚した前年からの綱紀粛正の嵐の中で、一人減り、二人減りして止まらないと伝蔵は溜息をつく。

「あっしの生業のね、口入れ屋のほうだってこっから先ぁ、高い安いだけじゃねえだろうが、どう考えたってほかとの我慢比べだ。何両にもならねえ賭場なんざ、やってる場合じゃねぇんですけどねえ」

日傭《ひやとい》一人いくらの売り掛けを積み上げる口入れ屋のぼやきはすなわち、江戸という町全体のぼやきだ。

商いにも政道にも賄賂《わいろ》ばかりが蔓延《まんえん》し、力が力を生み金が金を蓄《たくわ》えるひとつの時代は、松平越中守定信の登場をもって、すでに遠い過去のものとなっていた。

それからも伝蔵は道すがら、面倒臭ぇ面倒臭ぇ、あんな賭場やめてぇと終始呟《つぶや》いた。念仏のようなものである。聞いているだけで気が滅入る。

「ええい、やかましい。そんなに嫌だったらやめてしまえ」

三左に入る所場代など場末の茶屋で酒二本分だけだ。惜しくないといったら嘘になるが、拘泥《こうでい》するほどの未練はない。

伝蔵は繰り言を止《や》め、斜め下からじろりと三左を見上げた。

「やめられると、お思いですかい」

さすがに何十という男を束ねる親分だ。睨むような目つきには十分な迫力がある。

「やめたいんだろ」

「やめたいってえのと、やめられるかってえのは別の話だと思いやすが」

六夜を三夜に減らしたときだってえれぇ覚悟がいったんですぜと伝蔵は続けた。

「ふむ」

道理である。いや、道理の間から次郎右衛門が顔を出して、非情に棹《さお》を差す感じか。

「まあ、無理だな」

でしょう、と伝蔵は溜息をついた。三左と大して変わらない五尺七寸（約一七三センチ）近い身の丈がしぼんで見えた。

「これで七分三分にされた日にゃぁ、いずれあっしの持ち出しは決まったようなもんだ。今日だってこっちの手元には一両と少し。こいつらに飯食わせて酒呑ませたら、いいや、今回は旦那の用心棒代もあらあ。酒なんざつけてやれねえ」

気のせいか、先を行く若い衆と政吉の歩調が一瞬乱れ、ぶら提灯が大きく揺れたように見えた。

「旦那、なんにしたって残りはかっつかつ。とうてい博打場の揚がりなんかじゃねえよ」

なんとかしなきゃあと続けて伝蔵は腕を組んだ。

お前も大変だなといってやろうとして、三左はふと伝蔵のひと言が気になった。

「おい、伝蔵」

「へい」

「俺は今、まあ、金はないが困ってはおらんぞ」

「知っておりやす。深川で欲かいて足下《あしもと》見られたってやつですね」

「……早いな」

「へっへっ。商売柄ってやつで」

口入れ屋、御用聞き。二足の草鞋は伊達《だて》ではない。次郎右衛門の前では借りてきた猫だが、その気になったら伝蔵は怖い。ことに浅草、本所深川一帯では、三左がどこでいつ立ち小便をしたかまで、本気になれば調べてくるだろう。

「まあ、それはいいとしてだ。お前、今、一両と少しといわなかったか」

「いいやした。かっつかつだといいやした。……なんか、変ですかい」

「そのかっつかつで、俺は浅草までなんの用心棒なんだ」

夜道は怖いといっても三左抜きで、いっぱしの博徒が六人もいる。くわえて、金も大して持っていないときた。

「おや、旦那。ご存じねえんで」

「なにをだ」

「辻斬りですよ」

「………」

ご存じなどあるわけがなかった。

人にはいわないが啓蟄《けいちつ》過ぎになると、三左には外せぬ恒例の行事があった。十日ほどを早朝から出かけて、蛙《かえる》や蛇獲りに費やすのだ。地元ではさすがにみっともないから押上村《おしあげむら》の辺りまで出向く。自分でも食うが、まだ数の少ないこの時期はけっこういい値で売れた。

ただこの年は、前年の大洪水で江戸が開府以来の水害を被《こうむ》ったせいか、食う分くらいしか獲れなかった。粘りに粘って押上に通い、売る分を仕方なくあきらめたのが、実は昨日である。

ここしばらくの世情に疎《うと》いという意味でいえば、三左こそ冬眠明けの蛙も同様であった。

「旦那、こんだけの数がいりゃあ、あっしだってたいがいのこたぁ、恐れるもんじゃねえが」

いって伝蔵は左腰の長脇差に手をやった。

博徒無宿は禁令などどこ吹く風に、常に持ち歩く。そんなことから長脇差は、俠客、男伊達の象徴でもあった。

「ですがね。今度のはちいとばかり変わってやして。銭には代えられねえ、今夜は命のほうの用心で」

「ほう」

伝蔵の語るところによれば、二十日ほど前から妙な辻斬りが出没しているのだという。三日にあげず場所も限らず、浅草、蔵前《くらまえ》、麴町《こうじまち》、桜田など、なんの脈絡もなく神出鬼没らしい。

「まあ、懐の物はかならず抜いていきやすから物盗《と》りには違ぇねえんですが。といって金持ちだけが狙われるわけじゃなく、武士町人の別もねえ」

要するに手当たり次第である。なるほど妙だ。

「しかもね、旦那」

かろうじて生き残った者、運よく逃げ得た者の話からすれば、どうやら辻斬りは一人ではないと伝蔵は続けた。

「二人組だったってえ奴もいれば、四人、五人、はてには六人に襲われたってえ奴もいやしてね。ただ、その六人っていいやがった奴には、もう一人の生き残りがいやしてね。そいつの話によりゃあ、六人もいなかった五人だと。六人っていってんなら、そりゃあ、あんとき一緒に暴れだした野良犬だと。実際、調べてみたら嚙まれた跡がありやした。そんなんでみんな、気が動転してんだか数もつかめねえ。ただ、全員が頭巾《ずきん》を被《かぶ》ってたってえことだけは、たしかなようですがね」

「……野良犬も頭巾を」

「そんなわけねえでしょう」

口入れ屋のほうか御用聞きのほうか。どちらにしても伝蔵はよく知っていた。おそらくそんじょそこらのかわら版よりくわしく、かつ、早いだろう。

「ふむ。それでか」

三左は大川端から道の先に目をこらした。うすぼんやりと大川橋が見えた。とは、渡ればもう浅草の広小路である。

それにしてはと思っていたところであった。

三左の屋敷の近くならわかるが、北に不夜城、吉原を従えた浅草近辺まで歩いて誰とも、たとえば酔客の一人とも出くわさないとはさすがにおかしかった。

「いってえ、その辻斬りはなにがしてえんですかね」

伝蔵が問うが、見当もつかぬから三左はなにも答えなかった。

「それにしても今夜ぁ、なんか嫌ぁな感じがしやすねえ」

伝蔵が呟いた。

ぶら提灯の政吉がかすかに身を撥《は》ねた。残る三人もわずかだが気が凝《こご》る。

ほぼ同時に、三左も一度伝蔵に顔を向けた。

万が一の用心、転ばぬ先の杖《つえ》の同道だと三左自身軽く考えていたが、どうもそれではすまないらしい。

誰もが知っていた。

伝蔵の勘は、よく当たる。

五

やがて、大川橋の東詰めに着いた。

大川橋は、それまで竹町の渡し場があったところに安永三年（一七七四）、大川五橋の最後として架けられた長さ八十四間《けん》（一五一メートル）、幅三間半（六メートル）の橋であった。二年前の大洪水で永代橋や新大橋が流され、両国橋も甚大な被害を被《こうむ》る中、びくともしなかった橋である。そのさいには橋を架けた大工や奉行に、幕府から恩賞も出たらしい。

江戸の東にあることから庶民は親しみを込めて東橋《あずまばし》と呼んだが、武士以外の者から渡橋料として二文を徴収することでも、不満を込めて名高かった。

橋番小屋から番人が顔を出すが、

「よう」

と伝蔵が声を掛けるとかえって、むこうが頭を下げて引っ込んだ。

この辺まで来ると、伝蔵は誰もが知る顔役である。

だから無料でいいかといえばそういうものではないが、開幕当時と違って時代もこの天明までくだれば諸事いい加減なものである。

町々の木戸にしてからがそうだ。

日本橋を芯に南北の大通りはさすがに違うが、離れれば離れるほど木戸などあってないようなもの。ようするに開けっ放しである。潜《くぐ》り戸をそのままにしているところなどはいい方で、〈締めずの木戸〉さえけっこうあった。

大川渡りの風が吹き上がり、欄干《らんかん》に突き当たって大きく鳴った。

「おう。少し、風が出てきたな」

三左は懐手を揺らしながら橋を渡った。

政吉ら先導のぶら提灯は、はや橋の半ばを過ぎていた。

大川橋を西詰めに下りれば右手は花川戸であり、ひと筋奥はもう浅草寺《せんそうじ》であったが、夜に沈んで橋上からはその威容はうかがえない。同様に、道の真っ直《す》ぐは浅草の広小路だが、参詣客を当て込んだ小見世の広がりはひっそりとして、昼間の喧噪が嘘のようでさえあった。

伝蔵の山脇屋は広小路を真ん中辺りまで進み、左手東仲町の辻を南に折れて突き当たった正面の、西仲町にある。

店も近いと気が急《せ》くか、三つのぶら提灯はどれも明かりを大きく揺らした。

と、

「政吉」

三左が低く押し殺した声をかけた。刺すような声であった。

ぶら提灯の三人は影を縫われたようにして足を止めた。

すでに西詰めまでは十間（約一八メートル）もなかった。

「それ以上進むのは止《よ》したほうがいい」

三左はいいながら懐手をほどいた。

そのとき。

――げ、げぇっ。

東詰めから魂消《たまぎ》る声があがった。伝蔵などはとっさに振り返ったが、三左は動かなかった。

最前から、やわやわとした殺気が橋の両詰め近くにあることはわかっていた。

東詰めの声は、番小屋の番人のものであったろう。斬られたのだ。

それを合図としたか、西詰めにも頭巾を被った男の姿がおぼろに浮かんだ。

二人いた。殺気の筋から背後にも二人いることがうかがえた。都合四人の、おそらく辻斬りである。

「ひぇっ」

若い衆の一人が提灯を放り出して橋を駆け戻る。政吉ともう一人はゆっくりとした後じさりだ。

「はっはっ。伝蔵。お前の勘は、やっぱり凄いな」

「だ、旦那。こんな場面でなにを悠長な」

「悠長ではないが、お前こそ顔が強張《こわば》りすぎだ。まるで鬼瓦だぞ」

緊張の度合いを増してゆく六人をよそに、一人三左は楽しげである。

伝蔵ら六人がひと塊《かたまり》になったところで、三左はすばやく東西の辻斬りを見眺めた。

ちょうど、月が出始める頃合いであった。わずかでも月影があれば三左には見通せる。それだけの鍛えはあった。

西からのぼってくる一人を除き、三人の手に白刃があった。そのうちの東のひと振りは、すでに血脂《ちあぶら》で曇って見えた。

一瞥《いちべつ》で、刀の三人がどれも大した腕ではないと三左は見て取った。ただ、いまだ刀を抜いていない西からの一人だけが気になった。すでに三人からは隠しもしない殺気が強く流れ出ているにもかかわらず、この男だけは一切の気を収めて静かなものである。

「面白い」

「だ、旦那ぁ。面白いってななんです、面白いってな！」

伝蔵の声は悲鳴に近かった。

「ん。あ、いやいや」

三左は咳払《せきばら》いに誤魔化《ごまか》すと、口元を強引に引き締めて伝蔵に顔を向けた。

「伝蔵。これは容易ならぬ事態だ。命が懸かってくる」

口を開くごとに緩んでゆく口元は、このさいあきらめる。

「ということで伝蔵。割り増しだな」

「……はあっ？」

「用心棒代のことだ。こりゃあ少々のものでは割りに合わんぞ」

鬼瓦があんぐりと口を開け、今度は豆狸《まめだぬき》のようになって固まった。

一人一両の都合四両から始まった値決めは一両で落ち着いた。

それにしても東西から辻斬りはじりじりと近づいてくる。三左の働き口はいつもこうだ。

――だいたい殿は日頃から、的はずれかその場しのぎ。

悔しいが、嘉平の言葉が当を得ているとは自身でも知る。

「伝蔵。なら」

三左は肩口から背後、東詰めの二人を顎で示した。

「あっちは大した腕ではない。お前らでいけ。六人もいればなんとかなる」

「えっ。へえ」

伝蔵は目玉を忙《せわ》しく動かした。

「旦那。で、こっちをおまかせして、あとで二人だから二両ってこたあ、なしですぜ」

「…………」

見事な読み。実に伝蔵も商売人である。

「一両っていったら一両だ。二言などあるか」

「それじゃ、お願ぇしやした。おい、野郎どもっ」

伝蔵が五人を鼓舞して東に向かう。

見送って、溜息ひとつ。どうにも割りに合わないような気もするが。

「それでも一両だからな」

自身を慰め、三左は佩刀に手を落とした。

常在戦場。刀を握ればどんなときでも心身に下拵《したごしら》えができる。それだけの鍛えは為《な》していた。

西詰めからの二人が、三左まですでに七、八間（約一三・五メートル）に迫っていた。

一人はまだ刀に手をかけてもいない。

そいつが刀の男の背を押した。順に出るということか。なめられたものである。

合わせるように三左も橋板を蹴って走った。

先に来る男にかかずらっている暇はないし、それほどの金ももらっていない。問題はもう一人である。一両でもおそらく、まったく割りに合わぬ男のほうだ。

風を巻いて走る三左に虚をつかれたか、一間（約三・六メートル）ばかり出てきた男が身を強張らせた。大した腕でもなければ、場馴《ばな》れもしていないことがうかがえる。

――山崎《やまざき》。止まるなっ。

もう一人が声を掛けるが間に合わない。三左が間に合わせない。

「邪魔だっ」

足も止めず雑に振り上げただけの刃の下を走り、三左は右の拳で男の顔面を思い切り殴りつけた。刀で対さなかったのは、背後のもう一人が柄に手をかけた気配があったからだ。

「ぐぇっ」

男が刀を放り出し、橋を西詰めのほうに転がり落ちてゆく。

案の定、体勢の崩れを狙ってもう一人が滑るように出て腰をひねるのは、ほぼ同時であった。

月影を映して伸びる一閃《いっせん》は、やはり鋭くして刃筋の向きもたしかであった。

「おう！」

殴った拳を勢いのまま佩刀に流し、三左は臆することなく男の斬撃に刃を合わせた。

――ギン。

位置を変えて橋の上下に、上段に刀を振り上げた男と右手に大きく刀身を振り出した三左の姿があった。

「へっへっ。やるねえ」

血湧き肉躍《おど》ると口調が乱雑になる。三左の癖である。

男は無言で一歩、差し足を進めた。次第に強くなり始めた大川渡りの風が裾を大きく散らす。

三左も右手一本で振り出した刀に左手を添え、腰を沈めた。橋の上下、下からであれば薙《な》ぐか摺《す》り上げるか。なんにしても立ち位置の優位は男の方にある。心気を静め、一点の間積もりを見極めるのだ。

頭巾からのぞく男の目が光芒《こうぼう》をいや増す。来る。

唸りを上げて落ち来る男の一撃に微塵《みじん》の後れも見せず、三左は低く低く身を滑らせ、瞬転の一閃を夜空に伸ばした。

音はしなかった。

ただ、二人が巻き起こす二陣の風が上下に吹き抜けた。

ふたたび、初手の場所に位置を変えて二人が立つ。

三左の右袖が大きくはためいた。斬られたようだ。そして——。

三左の太刀も、同様に男の着物の胴回りを斬り裂いていた。

どちらもわずかばかりに足りなかった。

「あんた、強ぇな」

三左は月明かりに莞爾として笑った。

と、そのとき。

——舐《な》めんじゃねぇぞっ。

——死なばもろともだぜぇっ。

——そうだ。そりゃあっ。

伝蔵らの嵩《かさ》にかかる声がし、次いで二対の悲鳴があがって派手な水音がした。見ずともわかる。誰かと誰かが大川に落ちたのだ。こちらの男からもかすかな舌打ちが洩れた。

——引けっ！

東方まで通る鋭い声にして、合図は短かった。

残心の位取りを崩さず、男は西詰めに後退した。

追おうとして、三左は追うことができなかった。

「ああ。親分っ！」

政吉の慌てふためいた声が聞こえたからだ。

「なっ。親分って、落ちたのは伝蔵か」

年甲斐《としがい》もなくなにを率先してやっているのか。外房の出だと聞いたことはあるが、晩春の水はまだ冷たいのだ。

三左も男を睨んだまま、後退せざるを得なかった。

男が西詰め辺りで伸びているもう一人を蹴り起こすのを見て、三左も東に身を返した。

てらてらと艶《つや》光る大川の水面《みなも》で、伝蔵がもがいていた。ともに落ちたはずの辻斬りの姿は見えない。はや、流されたものか。

「ちぃっ」

着物を脱ぎ捨て、三左は大川に飛び込んだ。

暴れる伝蔵を抱え込み、なんとか渡し場から河岸道に引き上げたときには、もう大川橋のどこにも辻斬り達の姿はなかった。

「やい伝蔵。お前、房州の海っ縁《ぺり》の出だ。海驢《あしか》だ河童《かっぱ》だと自慢してやがったんじゃねえのかい」

「いや、面目《めんぼく》ねえ。もうちっと泳げると思ったんですがね。年には勝てねえ」

苦笑いの伝蔵を捨て置き、道に戻る。

それにしてもたしかに、奇妙な辻斬りではあった。

腕が立つのは一人。あとはおそらく棒振り剣術程度で、斬り合いにも慣れてはいない。しかもそれで腕の立つ男が後に引き、未熟者が前に出てくる。

(辻斬りと思わなければ、道場の師範と弟子の様子だがな)

などと考えながら橋に戻って政吉らのぶら提灯に従う。

と、西詰めの手前で政吉が足を止めた。若い衆が先ほど投げ捨てた提灯が燃えかすになっていた。

腰をかがめて政吉がなにかを拾い上げた。

「旦那」

政吉がいいながら拾った物を三左に差し出した。

「さっきぁ、間違いなくこんな物はありやせんでしたぜ」

「――んげっ」

手のひらに受け取り、三左は思わず顔を背けた。

三左の手のひらには、ここのところ食い飽き、見たくもないと思っていた矢先の蛙が乗っていたのである。

政吉が拾い上げた物は黄楊《つげ》に見事な彫刻を施《ほどこ》し、しかも大小重なって精緻《せいち》な、親子蛙の根付けであった。

第二章　辻斬り

一

翌朝、差し込むかすかな陽光を感じて三左は目覚めた。

「朝か。……って、おい」

布団を蹴って飛び起きる。

前夜は賭場も辻斬りのこともあって、屋敷に帰り着いたのはおそらく夜の八つ（午前二時頃）前であったろう。

それにしてはよく起きられたものだと自画自賛しながら居間に這《は》い出すが、次郎右衛門も嘉平もすでにどこにもいなかった。もぬけの殻である。

朝陽の低さを見ればまだ明け六つ半（午前七時頃）にもなってはいないだろうが、当然、いないのなら朝餉の取り置きなどあるわけもない。

「……わかっちゃいたが」

賭場開帳の翌日は懐も暖まってか、次郎右衛門は嘉平を連れてよく出かける。今月の八日は墨田堤《すみだづつみ》に花見だった。

早朝から出かけるなら少々遠方ということだろう。おそらくは品川の躑躅《つつじ》。いや、間違いない。

――少々早くはないか。

――いえいえ、見頃には茶店も値が上がりましょうから、今のうちが得策かと。

そんなことをいっていた二人を見たような気がする。

三左は大欠伸《あくび》をして頭を掻いた。

「まあ、どこでもいいさ。勝手に遊んでくればいい。なんたって今日の俺には、千歳屋の箸もあれば小判もある」

大して自慢にはならないがと、三左は自身を笑いながら居室に戻り、二度寝の布団に潜り込んだ。

十分に寝倒した三左が屋敷を出たのは、それから一刻《とき》半（三時間）ほども後のことだった。

陽は東方の空、というより中天に近づいてだいぶ高い。

額《ひたい》に汗して働く者達なら小腹がすいてくる頃合いだ。

で、三左も腹が減って起き出した。前日の夕餉以降、夜半まで動き回ったにもかかわらずなにも食っていない。

「さて、遅くなっちまった」

通りに足を踏み出すと、ふと三左の目に、南割下水に架かる小橋にたたずむ娘の姿が入った。

掘割の向こう河岸に住む御家人、吉田孫左衛門《よしだまござえもん》の娘、菊乃《きくの》であった。

出会えば朗《ほが》らかにして、菊乃が家族思いの娘だと三左は知る。得意の針仕事を一生懸命にこなし、ずいぶん家計を助けてもいるらしい。腕も気立てもよく、必然として仕立てや繕《つくろ》いの内職が途絶えることはないという。

だから、菊乃を外で見かけることは滅多にない。あるとすれば、それは縫い上がった品を納めにゆくときくらいのものだ。

――いやはや、勝ち気な娘でしてな。困ったもので。

と、父の孫左衛門は娘の話になると苦笑いをするが、間違いなく困っているのは菊乃や家族の方だろう。

わずかな持ち金で遊ぶだけだが、孫左衛門は内藤家の賭場の常連であった。

三左は袖を揺らしながらゆっくりと小橋に近づいた。

菊乃の様子が気になったからだ。

勝ち気にして朗らかな菊乃が、このときばかりはえらく沈んだ面持《おもも》ちで、川面をじっとながめていた。

「よう」

できるだけ張った声をかける。と、菊乃は憂げな顔にほんのりとした血の気を浮かべた。

「あ、内藤様」

なかなかに愛らしい娘である。それなりに裕福な商家にでも生まれれば、どこぞの小町と呼ばれてもおかしくない。それが、今年で十七になるにもかかわらず、嫁入りの話はまだないという。もったいない話だが、縁談がないわけではないと、前に三左は孫左衛門に聞いた。

――どこも我が家と大差なく、似たり寄ったりでしてな。

あまり外に出ない娘にかかる口は、近所からばかりだと孫左衛門は嘆いた。

町家と違ってほぼ禄高の決まっている武家では、貧乏が貧乏に嫁いでもあまりいいことはない。貧に貧を重ねた、新たな極貧夫婦が生まれるだけである。

「どうかしたか。いつもの元気がないな」

三左が問いかけると無理に笑おうとし、

「そんなことは……。でも、そうですね」

家で少々と、菊乃はまた掘割に向けて面《おもて》を伏せた。

「家で。ふむ」

三左はざらりと顎を撫でた。どこの家にも、色々あろうか。

「なんなら話、聞こうか。口から外に出すだけで、気持ちってのは軽くなるもんだ」

菊乃に並び、欄干《らんかん》に手をかけて三左はいった。ああ、金はないがな、と付け加えることは忘れない。

「……数馬《かずま》が」

数馬とは菊乃とは三つ違いの弟、吉田家の惣領の名である。

「二日前から、戻らないのです」

とつぶやき、菊乃は心配げな溜息をついた。

川面に流すようにして語る菊乃の話によれば、孫左衛門と喧嘩して家を飛び出したきりなのだという。

「へえ」

いつも姉の背に隠れたおとなしい少年、としか三左の記憶にはなかった。もっとも、少年の成長は早い。十四ならもう一人前であってもおかしくはない。三左が元服を果たし、内藤家の、形ばかりの当主になった年でもある。

「あの数馬がね」

やるもんだと続け、見上げる菊乃のきつい目を感じた。咳払いにごまかす。

そうだったと孫左衛門の言葉を思い出し、心中で手を打つ。

菊乃は家族思いにして、勝ち気であった。

「いやいや。しかし、あの温厚な吉田さんが倅《せがれ》の喧嘩を受けるとは。いったい原因はなんなんだ」

「原因とおっしゃられましても」

直接のなにか、ではないという。ただ、この年に入ってから仲間の紹介でどこぞの道場に通い出し、それから数馬は、素行も言動もおかしくなったと菊乃はいった。

そうして二日前の夕餉時には、声高に誰も聞いていない御政道批判を繰り返し、ついには近所の耳目《じもく》をはばかってたしなめた孫左衛門に食ってかかったという。

——だから父上は駄目なんです。いつまでたっても貧乏御家人のままなんだ。

勝手に憤《いきどお》り、勝手になじり、数馬は家を飛び出した。

「きっとその道場に行ったんです。せめて場所だけでも聞いておけばよかったんですけど、でも、聞いてもたぶん申しませんでしたでしょう」

その後、翌日になってから父と二人で近所を尋ね歩いたが、道場の場所も誰の紹介であったかもわからずじまいなのだという。

「こんなに心配かけて。――内藤様はあの数馬がとおっしゃいますけど、でもやっぱり、あの数馬なんです。虚勢を張って、背伸びして、無理して」

そうしたい年頃がある、という言葉を三左は飲み込んだ。

菊乃にとってはまだ、弟は背に隠れてしかるべき存在なのだろう。もしかしたらそういうことをわずらわしいと思う気も、数馬が爆発した一端かもしれない。

「そうか」

なんにしても、三左がとやかくいう問題ではない。いずれ放っておいても、姉から弟から、親から子から、誰しもに巣立つべき時はやってくるだろう。

もっとも、三左には早くから巣立つべきふた親はいない。姉はいるが早々に嫁ぎ、肉親といえば次郎右衛門だが、巣立つもなにも、いつのまにか首に縄がつけられているような気がしなくもない。

そうなっては、鵜飼《うかい》の鵜だ。

(冗談ではない)

頭を振って三左は自分の妄想を打ち消した。

菊乃が怪訝《けげん》な顔で三左を見ていた。

(おっとっと。しまった)

今考えるべきは菊乃と数馬のことであった。

「まあ、姉ならば心配するなという方が無理かもな。よし、俺もあちこちに声をかけておこう。これでも顔は広いのだ。まかせろ」

「……大丈夫ですか？」

「おう。なに、すぐに見つかるさ」

「……本当ですか？」

何度も念を押されると心許《こころもと》ないが、とりあえず笑って胸を叩く。

「……はい」

菊乃も笑って頷いた。

肩に手をやり、心配するな、すぐ見つかるさともう一度励まして橋を離れる。

実際、この場でしてやれることはそのくらいだ。

それでも、半町（約五五メートル）ほど離れてから振り返る。

「ははっ。姉の心か。それとも、俺の信用のなさ、かな」

三左は苦笑いに頭を掻いた。

菊乃がまた、沈んだ顔のままに川面を見つめていた。

二

ぶらぶらと歩きながら三左が小舟町《こぶねちょう》に足を踏み入れたのは、陽も中天に高い昼九つ(正午頃)近くであった。

目指すは二丁目の小さな船宿『みよし』である。

みよしは、内藤家を挙げてひいきにする船宿であった。

みよしの先代は三左の父、兵四郎とともに江戸に出てきた太田源六《おおたげんろく》という元侍である。幾松《いくまつ》という評判の辰巳《たつみ》芸者に惚れ、まわりも驚く夫婦約束を機にあっさり大小を捨てたという。その後、元々の料理自慢もあって源六が始めたのが、みよしであった。

内藤家とはそんないきさつで縁があり、特に次郎右衛門とみよしは創業以来のつきあいということになる。

「いらっしゃい」

三左が暖簾を潜ると、溌剌《はつらつ》として若やいだ声がした。

今の女将《おかみ》、おつたの声である。

先代の源六夫婦は六年前、おつたが十五の時に、小舟町一帯を焼いた火事で亡くなっていた。以来、みよしの主はおつたであった。七つ年下の弟で、今は板前修業に出ている万次郎《まんじろう》が一人前になるまではと、女ながらにしっかりとみよしを守っている。

おつたはさっぱりとした美人で、母によく似ているらしい。そんなおつたに、亡き幾松の面影を懐かしんで通う通人も多くいるという。

先代以来の仲居も船頭もよくおつたを盛り立て、客筋もよく、みよしはなかなかに繁盛している。

思うに、悪い客筋は三左くらいだろう。内藤家ではない。次郎右衛門はきちんと払う。三左一人だけだ。

なんといっても呑み食いのつけは、前年十二月の分から溜まっていた。

「よう。奴はもう来てるかい」

それでも悪びれることなく客として振る舞う。常連、いや、幼馴染《おさなな じ》みであることが頼みの綱だ。

「ええ。最前からお待ちですよ」

艶《つや》っぽく笑う。愛想ではない艶の分がなにやら怖いが、見なかったことにする。今日の目的は別にあった。

二階に上がると、堀に面した小座敷に先客がいた。瓜実《うりざね》の顔に猫のような目を持った、若い侍であった。下座に座って行儀よく、手酌《てじゃく》でちびりとやっているが、細い小《こ》銀杏髷《いちょうまげ》に黒の着流し、一本差しに巻羽織とくれば、男が八丁堀の同心とは自明の理だ。

「おう、右門《うもん》。早いな」

「三左さんが遅いんです」

「まあ、そこは見解の相違だな」

三左は笑って上座にまわった。

若い男は三左よりひとつ年若く、名を大塚《おおつか》右門といった。四年前から、亡き父重《じゅう》兵衛《べえ》の跡を継いで南町奉行所の定町廻《じょうまちまわ》り同心をしている。三左とはこれも古いつきあいで、右門の父重兵衛も右門自身も一時、三左の祖父、次郎右衛門の弟子であった。

右門は切れる男で、剣もそこそこに遣った。

気心が知れた同士といえば聞こえはいいが、右門は三左を兄とも慕えば家人のようにも扱い、ときに儲け話や厄介事を持ち込む、いわば福の神であり、同時に疫病神《やくびょうがみ》でもあった。

ちなみに、仏の伝蔵が十手を与るようになったのも、この縁からである。面倒臭え、やりたくねえとごねる伝蔵を、なにかと便利だからと強引に重兵衛の手先に押し込んだのは、なにを隠そう次郎右衛門なのである。そうして重兵衛亡き今、伝蔵を使役するのはその子、大塚右門に受け継がれていた。

三左は前夜、その場から伝蔵の手代、政吉をして右門のもとに走らせておいた。辻斬りの一件を伝えるとともに、ついでに昼までにみよしに顔を出せとも伝言した。辻斬りについて、なにがしかの手掛かりを得るためである。

「ゆうべは大変だったようですね。おかげでこちらも、少々眠いんですが」

まずはとおのれの杯のしずくを切り、右門が差し出す。

三左は杯ではなく右門の膳から銚子を取った。

「大変といえばまあ、斬り合いだからな。だが、それなりに実入りはあったぞ」

軽く振れば、銚子にはまだ半分ほど入っていた。そのままに呑む。呑みながら、三左は前夜の辻斬りをくわしく語った。

右門は猫の目をせわしく動かしながら、しかし黙って聞いていた。その間におつたが三左の膳を運び、出てゆく。

膳には伽羅蕗《きゃらぶき》とおからの和《あ》え物、焼き魚と茄子《なす》味噌に銚子が二本ついていたが、おう悪いな、美味《うま》そうだと三左がおつたに声をかける隙《すき》に、銚子の一本は右門の手が素早く伸びておのれの膳に奪った。

三左と右門は、そんな関係でもある。

「で、そっちはどうだった」

最後はすすって残り酒を呑み終えた三左は、話を右門に振った。

朝一番ではなく昼に待ち合わせたのには理由があるのだ。

切れ者の右門なら半日もあれば調書《しらべがき》から、少なくとも気になる箇所のいくつかは押さえてくる。

三左の問いに、右門は少しばかり渋い顔をした。

「ええ。早朝から、百本杭《ひゃっぽんぐい》辺りはひとまず浚《さら》わせてみました」

「おっ。さすがに動きが早いな」

百本杭は両国橋北河岸の辺りである。正確に百本ではないが流れがぶつかる場所で、岸辺を守るために無数の杭が川中に打たれてそう呼ばれた。大川流れの木材やら土左《どざ》衛門《えもん》がよくあがる場所である。

「自力で逃れたか、引っ掛からずに外に流れたか。なんにしても、死人などはありませんでした」

「そうか」

「で、その間に私は、この辻斬りに関する奉行所の調書に片っ端から目を通したんですがね」

右門は酒を満たした杯をゆっくりと傾けた。三左も合わせて新たな銚子に口をつける。

縄のれんと大して変わらない値で、みよしは下《くだ》り物のよい酒を出す。それも繁盛の理由だろう。

「三左さんは、四人の内で手練《てだ》れは一人、あとは雑魚《ざこ》といいましたよね」

「そこが少しばかり腑《ふ》に落ちない」

「腑に落ちない、か」

「ああ」

「ええ。腑に落ちません。いえ、ほかのことはいざ知らず、こと剣に関しての三左さんはたしかだ。そこだけは信用しています」

端々《はしばし》にとげがあるような気がするが聞き流す。

「三人から五人と、徒党の人数がはっきりしないのは、命の瀬戸際ですし夜ですし、まあひとまず措《お》くとしてもですよ。同役にも上役にも伺《うかが》いを立てました。ですから奉行所の見立てといってもいいんですが」

右門がちびりと酒をやった。三左もぐびりと呑んだ。空になった。手を叩いておったを呼ぶ。三左は相当にいける口であった。

「三左さん」

右門は身を乗り出した。

「斬り口、太刀筋からして手利きは二人か、あるいはそれ以上いると考えるのが妥当だろうと」

「ふうむ」

三左は顎をさすりながら天井を見やった。

「あの中に、もう一人ねえ」

前夜を思い出す。殴りつけた一人は論外。伝蔵に組みつかれて大川に落ちた一人も論外。残る一人も、博徒六人に掠《かす》り傷ひとつ負わせられなかった腕である。

「いや。どう考えても一人だけだな」

あの男が二刀遣い、いや、ほかにもう一人手利きがいるのか。

(あの男だけでも、厄介《やっかい》なんだがな)

三左は袂《たもと》から取り出した根付けを玩《もてあそ》びながらいった。

「それは」

「ゆうべの手練れの、置きみやげだ」

「ほう」

右門の猫の目が光を帯びる。

「親子蛙ですか。そうそうある品物ではなさそうだ。なにかの手掛かりになるかもしれませんね」

右門が手を伸ばす。

「おっと」

すかして三左は手の内に握り込んだ。

「いずれは渡してもいいが、今はまだ駄目だ。いずれ近いうちに、金々《かねかね》と鳴く蛙かもしれんからな」

眼光を揺らし、そんなことでと右門は溜息をついた。

「……いつもどおり、的はずれにならなければいいですけどね」

「やかましい。見せるだけならいくらでも見せてやる。ほら、よく見ろ。で、俺がぶちのめした山崎って奴のことだけじゃなく、この根付けのことも踏まえて聞き回ってみることだ」

右門に向けて腕を突き出し、やがて三左は袂に根付けをしまった。

「男二人で、今度はなんの悪だくみかしら」

ちょうど、おつたが盆に銚子を載せて入ってくる。ただし一本だけだ。

「なんだ、一本だけか。けちくさいぞ」

「あら。心優しいっていって欲しいくらいなのに。三左さん、どれだけたまってるかおわかり？」

と、いわれることは織り込み済みだ。三左はにやりと笑って懐をまさぐった。

「ふっふっ。今日はな、あるのだ。文句をいわれる筋合いはないぞ」

取り出したのは、伝蔵の用心棒代としてせしめた小判である。一両あれば夜まで呑んでもお釣りが来る。

「まあ」

とおつたが大仰に驚いた。が、口元にあげるのかと思った白い手はそうではなく、平然と動いて三左の指の間から一両小判を抜き取った。

「有り難く頂いておきますね。つけの分として」

「いや、おいっ」

「でも、まだ全然足りませんからね」

「そりゃあ、しかし」

おつたは帯の間に小判をしまい、大事そうに手を当てて席を立った。

「今日の分は、残りのつけに足しておきますよ。お足をちゃんと持って、またのお越しを」

膝を軽く折って微笑《ほほえ》む姿が、悔しいが愛らしい。

なにもいえなかった。しばしおつたの去った障子を睨む。

呑むつもりだったのだ。気持ちも身体もその態勢だ。

「なあ、右門」

いつにない猫撫で声で下座を見れば、金はないですよと先回りして、右門が立ち上がるところであった。

「それに、私はこれから尋ね歩かねばなりませんからね」

それではと、忙しくなってきたと、聞こえよがしにはっきりと呟きながら、おつたに次いで右門も出てゆく。

一人残って、三左は茫《ぼう》とした目を外に向けた。

掘割をゆく高瀬舟の往来があった。

入り込んだ川風が三左の懐にまで吹く。

「ちっ」

空の銚子を取り上げ、三左は一滴二滴のしずくまですすった。

仕方なくみよしを早々に切り上げ、ぶらぶらと深川に千歳屋を目指す。

途次、拾い物の揉め事でもと期待はしたが、あいにくと三左が首を突っ込むような事態には出くわさなかった。かえって晩春ののどかさが知れるばかりである。

愛想笑いひとつない主人の仏頂面に迎えられ、千歳屋で貴重な割裂箸を使って中途半端な昼餉を摂り、銚子一本を猫が水を舐めるようにちびちびと呑む。根っこが生えたように動かぬ三左には、次々に入っては出るを繰り返して忙しそうな舟人足のにぎやかさが酒の肴であった。

豪快な食い方でどんぶり飯をかき込む舟人足の様子を見るだけで、三左は自分の腹も膨れるような気がした。梅干しを見るだけで飯が食える道理のようなものか。

それでも持て余す時間を屋敷に戻り、ふて寝に過ごす。すると、現実には少々物足りなかった三左の腹の虫が鳴り出す頃、ようやく次郎右衛門と嘉平が帰ってきた。

案の定、品川まで躑躅見物に行っていたようである。

「なかなかよかったぞ。今年は躑躅の開花が思うより早いようでな」

次郎右衛門が三左に語っているうちに、嘉平が手早く夕餉の支度をする。

名物の品川海苔《のり》に鯵《あじ》の干物、生海苔を入れた冷や汁、それに湯気の立つ白い飯がつく。十分である。

夕餉の席で、次郎右衛門と嘉平が語る躑躅の話に、合いの手のように辻斬りの話を混ぜる。行っていない品川の話になど入りようもないから仕方がない。

で、手利きがもう一人いるのかもしれないと告げて三左は話を締めた。

「なるほどな」

次郎右衛門が干物の骨を嚙みながらしたり顔で頷く。

「左様でございますな」

茶を喫しながら嘉平も納得顔だ。

「なにがだ」

空の飯椀を嘉平に差し出しながら三左も鯵を頭からかじる。

「なにがとはまた。少々鈍うございますな」

湯飲みを置き、四杯目はご自分でどうぞと嘉平は飯櫃《めしびつ》を三左の方に押した。

「そういうことじゃ」

次郎右衛門がばりばりと鯵の骨をかみ砕く。いまいましくも、丈夫な歯だ。

嘉平が夕餉を終え、そそくさと自分の膳を洗い場に運ぶ。

「そうとはなんだ。爺さん」

仕方なく三左は、自分で飯を盛りながら聞いた。

「決まっておるではないか」

「だからなんだ」

盛り続ける飯が山になる。

「手利き一人だけではなくな、おそらく辻斬りは、おぬしが出会った四人だけではないということじゃよ」

「だから、もう一人手利きが――」

「そうではない」

次郎右衛門は湯飲みを取り上げた。

「新刀の試し斬りなら馬鹿殿に屈強の番士が三、四人とは相場じゃが、どうやらそうではない。刀を満足に扱えぬ者が多すぎる。で、逃げおおせた者らが二から五などと。なんにしても、いくら動転していても二人組と五人組を見間違うなどなかろうよ。簡単な話じゃ」

「……犬を見間違った奴もいるぞ」

「そいつの話はおいとけ」

「ふむ」

三左は飯椀を手前に置いた。加減を忘れて盛った飯の山は、さすがに四杯目では食いきれるかどうか心配な量だった。

「何人かが同じでも十人。これからも辻斬りが続くなら、へたをすれば二十や三十もいようかの」

「けど、爺さん。なら、目的はなんだ」

「おぬしの感じた師範と弟子。それでぴんと来た。あながち見当違いではないかもしれぬ」

「修業の一環に辻斬りってか。ちっ。馬鹿馬鹿しい。そんな血迷った道場がどこにあるってんだ」

三左は飯を搔き込んだ。

「血迷っておるかどうかはしらんが、四十年近く前はあったぞ」

次郎右衛門はひと口茶を喫してにやりと笑った。悪戯《いたずら》気《げ》な笑みだ。

「どの時代になっても、同じようなことを考える者はおると、な」

次郎右衛門ではないが、三左もぴんと来た。思わず飯を噴き出す。

「まさか爺さん」

「おう、やった」

平然と次郎右衛門はいった。

「斬り覚えよは、ご先祖様の流儀じゃからな」

ご先祖様とはいうまでもなく剣聖、一刀流開祖の小野忠明である。なんでも、六百人を斬ったとまことしやかに伝えられる。

「まあ、まさか真剣は使わなかったがな。ふんぞり返った大身の旗本や高利貸しやらを、門弟二、三人の仕掛けで足腰立たぬ程度にぶちのめすと。まあ、可愛らしいほどにそのくらいじゃが、案外門弟どもにくそ度胸はついたぞ」

次郎右衛門は、かかと笑って湯飲みを口元にあげた。

口中の飯粒をひけらかすつもりもないが、三左は開いた口がふさがらなかった。

三

月が変わって初夏、正陽の四月となった。

その七日、内藤家の道場はいつもどおり賭場となった。

居並ぶ遊客はみな、頭に貧乏の二文字がつく旗本や御家人ばかりの、これもいつもの面々だ。

――半方ねえか、半方。丁方が引いてもいいけどよぉ。なんにしても、これじゃ勝負になんねえよ。

駒札を取り仕切る粋で鯔背《いなせ》なはずの中盆の、おそらくほかの賭場では有り得ない、だらっとした声がかかる。これも、内藤家の賭場ではいつものことである。

全体として、この夜も大した揚がりにならないことは確定であった。

「三左の旦那。知ってやすかい」

伝蔵が胴元の座から、左隣の三左に声をかけてきた。

夜も更け、一枚、二枚のささやかな駒札に客が熱くなり始めた頃合いであった。

ちなみに伝蔵の右隣には次郎右衛門が座り、嘉平が控え、賭場馴染みの茶菓子を口に運んでいた。

わかってはいてもいわずにいられない、恒例の所場代値上げはすでに終わっている。あっさりと、しかし徹底的にこの夜も玉砕であった。

伝蔵のところの政吉がふらふらと寄ってきて、三左の前に茶碗酒を置いてゆく。気が利く男だ。

「知ってるって、なにをだ」

三左は板壁に背を預けたまま、あくび混じりに聞き返した。

「どうやらゆうべも、例の辻斬りが大川端に出たって話ですぜ。斬られたのは『和泉屋《いずみや》』ってえけっこうな薬種問屋で。寄合の帰り道にこう、ばっさりと」

伝蔵は両手で袈裟《けさ》懸けに斬り落とす仕草をした。

「ゆうべか。さすがに耳が早いな」

「そりゃあ、お上の手伝いをさせてもらってやすからね」

「えらそうにいうな。それにしたって、聞き込んでくるのはどうせ政吉だろうに」

「まあ、そいつぁ間違ぇのねえところで」

「いつもこぼしてるぞ。うちの親分は人使いが荒いってな」

「へっへっ。そいつぁ仕方ねえ。なんたってあいつぁ手代にして、あっしんところの下っ引きですからね。いってみりゃ、あっしと同じ二足の草鞋で」

「いいようにいうな。あんまりこき使うと、そのうち死んじまうぞ」

「それをいうなら旦那だって使ってるじゃねえですか。先だっての辻斬りの夜にしたって、政吉をその足で八丁堀に飛ばしたのは誰でしたっけね」

「ん。おう。そんなことも、あったな」

「なに遠くを見てんですか。ついこないだの話じゃねえですかい」

実際、使い勝手がいいのだ。いつも三左に会えば伝蔵を愚痴《ぐち》るが、政吉はなんでもこなしてしかも、実にそつがない男である。なので三左も、なにかあれば動かすのはこの男であった。

ちなみに政吉には〈根津〉の二つ名が付いている。〈根津〉の政吉である。山脇屋には通いにして、根津権現近くに恋女房のお喜代《きよ》が営む茶屋があるところから付く〈根津〉の二つ名なのだが、裏の意味はよくも悪くも、〈寝ず〉である。それほどに忙しく、よく働く。

「過ぎたことは忘れろ。それより伝蔵。で、どんな辻斬りだったたって」

「あ、いけねえ。その話だった」

伝蔵は額をごつい手で叩いた。

伝蔵が語る話によれば、前夜の辻斬りは五人組であったという。和泉屋の方も噂の辻斬りを警戒して用心棒三人にまわりを固めさせ、店の若い衆を含め都合八人の物々しさだったらしい。

が、丁稚《でっち》一人が未熟な斬り方をされて生き残っただけで、用心棒三人はひと太刀、和泉屋を含む店の四人は鱠《なます》に叩かれて惨殺であったという。

「ふむ。五人、ね」

丁稚の話がたしかなら、三左の出くわした辻斬りより数が多い。大川に落ちた男が生きていて、三左がぶちのめした男が早くも復帰したとしても一人多い。大川の男が死に、ぶちのめしの男がまだ唸っているとしたら三人も多い。

——何人かが同じでも十人。これからも辻斬りが続くなら、へたをすれば二十や三十もいようかの。

伝蔵の向こうで茶菓子を頬張る次郎右衛門の言葉が思い出される。

「……にしても結局、手利きは一人か」

三左は茶碗酒を呷《あお》った。

「へえ。大塚の旦那ぁ、太刀筋はどれも同じだっていってやした。あいや、政吉が聞いてきやした」

それと、大きい声じゃいえねえがと伝蔵は声をひそめて続けた。

「丁稚の話じゃ、なんでも和泉屋は寄合衆の役番で百両からの金を持ってたっていいやすがね。そっくりそのままなくなってたってえ話です」

思わず三左は背を板壁から離して姿勢を正した。眠気が吹き飛ぶ話である。

伝蔵の向こうで次郎右衛門の耳が動いたように見えたのは気のせいか。気のせいであって欲しい。歯だけでなく、耳も目も鼻も、とにかく全てが同じ頃合いの老人に比べて次郎右衛門は図抜けてよい。

「面白くなってきたな。伝蔵」

「そう思うのはきっと旦那だけでしょうがね。てなわけで、旦那」

「なんだ」

「今晩もお願ぇできやすか」

帰り道の、用心棒の依頼であった。

「心配なのか。辻斬りはもう、昨日出たんだろうに」

「心配ってえかね。こないだの辻斬りで浅草ぁ二回目だ。二度あることは三度あるってね。昨日の今日だが、どうにもあっしにゃあ、胸騒ぎがしてならねえんで」

伝蔵がいいながら、明かり取りに目をやった。

七日月の淡い光が、庭の杉の木を照らしていた。

――おいおい、お客さん方。どうあっても駒をそろえねえってんなら、そろそろ手仕舞いにしちまうぜえ。頼むよぉ。

中盆の声がなぜか切なく響く。

三左はおもむろに立ち上がって外に出た。

顔でも洗い、少し身体を動かしておこうと思ったからだ。

「面白くなってきそうだな」

月明かりに白い歯を見せる。

信じるなら、今夜も辻斬りはきっと出るのだろう。

伝蔵の勘は、よく当たる。

四

捨て鐘に続いて、四つ（午後十時頃）の時の鐘が聞こえた。

伝蔵一行が道場を片付け、表に出てきたのはそんな時分だった。

三左は先に表で待っていた。

出る前に、

——しっかり励め。当主の務めじゃ。

——今度こそ、狙いどおりになればよろしいですな。

と、屋敷の中から二人の声がかかった。あろうことか、手まで振られて送り出された。

「ちっ」

小声ではあったにもかかわらず次郎右衛門にも嘉平にも、三左の願いむなしくしっかり聞かれていたようである。

「お待たせしやした」

伝蔵が軽く三左の前で頭を下げた。

一行は伝蔵に政吉、中盆、壺振り、若い衆が二人といつもの面々である。

政吉と若い衆のぶら提灯が先に立つ。

少し風はあったが、初夏の風である。爽やかにして身を凍えさせることはもうなかった。

夜空にはかかる叢雲《むらくも》もなく、星の瞬きが強かった。

今日も今日とてしけた賭場でと、いつもながらの伝蔵のわめきを聞きながらも、三左は周囲への目配り気配りを怠《おこた》らなかった。

天からの淡い光があって、多少の風がある爽やかな夜。

伝蔵の勘を抜きにしても、おのれがと考えれば絶好の夜であった。

襲うにしても、迎え撃つにしても。

斬るにしても、斬られるにしても。

三左をくわえた一行は、ぶら提灯に先導されて浅草への帰路を辿《たど》った。

御竹蔵に突き当たって右手に折れ、大川端に出て北に向かう。いつもの道である。

初夏に入ったにもかかわらず、前回同様、道すがらには人っ子一人見受けられなかった。野良犬三匹と行き交うばかりである。神出鬼没の辻斬りを恐れてのことに違いない。

やがて大川橋が見えてきた。無事に橋を渡りきれば、浅草の広小路に入る。

大川橋の東詰めに近づくと、番小屋から恐る恐るに番人が顔を出した。

よう、と伝蔵が声をかけると、ほっとしたような表情で頭を下げて小屋内に引っ込む。前回とは違う男であったが、浅草で顔役の伝蔵のことはよく知っているようであった。

先頭の政吉がまず橋板に足をかけ、順繰りに橋上に出る。

三左は懐手を揺らして最後尾から橋に足をかけ――。

そして、にやりと笑った。

東詰め方にほど近い路地から、前回同様の雑な気配が洩れだしてきたからである。

些少《さしょう》の違いがあるとすれば、気配が最初から殺気丸出しであったことだろうか。

なら、偶然ということではないだろう。

明らかに待ち伏せであった。

「ふっふっ。面白え」

三左は懐手をほどいて一気に先をゆくぶら提灯を目指し、政吉の襟首をつかんで引き戻した。

「おおっと」

体勢を崩されつつ、政吉は倒れることも提灯を燃やすこともなかった。

「さすがだな。政吉」

「へへっ。こんなこと旦那に褒《ほ》められても。それにお屋敷での親分の胸騒ぎ、聞いてやしたからね」

政吉が頭を掻いて笑い、三左はただ頷いた。

聞くこと、心に留めることこそがそつのなさの根本であり、剣における心の下拵えに通じると、それこそを褒めたつもりだったが今は措く。

背後に一度視線を流し、三左は先頭に出て橋の西詰めを睨んだ。

十日前と同様に、橋を上り来る二人の男があった。後方東詰めからも同様に二人である。全員が頭巾を被っていた。

東詰めからの二人が大した腕ではなく、西詰めの二人のうち一人が油断ならぬ相手であろうことまで、なにからなにまでが前回同様である。

だが――。

「ふむ。こりゃあまったく、爺さんのいうとおりだな。癪《しやく》に障《さわ》るが、まあ、恐れ入ったといっておこうか」

消え残る淡い月影星影の下、西詰めからやって来る男どもに見当をつけて三左は独りごちた。

浅草広小路方から、わらわらと五人の覆面《ふくめん》侍が走り寄って西詰めをふさぐように並んだこともさりながら、問題は三左に向かってゆっくりと歩み来る橋上の男であった。

明らかに腕利きであろう男は足の運び、目の配り、ひそめる剣気まで、見る限り十日前の男と遜色《そんしょく》ないと思われるが、背格好からして間違いなく前回とは別人であった。

「なにからなにまで、面白ぇ」

三左はにやりと笑った。

咳払いに夜空を見上げ、おもむろに背後の伝蔵を見る。

「さてもさて。伝蔵、これはどうにも容易ならぬ――」

「待った」

伝蔵がそらぞらしい三左の口上を止めた。

「冗談じゃねえ。相手ぁすぐそこじゃねえですかい。面倒臭ぇことは無しだ。割り増しでけっこう。やっておくんなさい」

笑って向き直り、

「心得た。なら俺もはぶくぜ。東詰めの方はまかせた」

と、佩刀の鯉口に指をかけて三左は前に出た。

へい、と背中に伝蔵の声を聞く。

まかせたとは、大した相手ではないと呼吸でわかったのだろう。なんといっても二度目だ。

伝蔵の声に、怯《おび》えはなかった。

五

三左はゆっくりと、橋の勾配《こうばい》の下りにかかった。

三間（約五・四メートル）ばかりを進んで立ち止まる。相手も五間（約九メートル）ほどを離れたところで立ち止まったからだ。

出来る方の男が少々前で、もう一人の頭巾は控える格好である。

風は変わることなく微風であったが、夜空には少しばかり雲がわき出したようだった。

「おい、山崎。こやつで間違いないか」

前の男が、後ろの頭巾に首を傾けながらいった。特徴のあるだみ声であった。おそらく酒焼けだろう。

「はっ。こ、こやふに、まひがいごあらん」

対して頭巾の男からは、ふがふがと聞き取りづらい答えがあった。

山崎という姓といい、前回三左がぶちのめした男に相違なかった。少なくとも鼻と歯の二、三本は折ったはずである。十日やそこらなら、回復はこんなものだろう。

「なんだ。青二才ではないか」

だみ声の男が一歩出た。

「こんなやつに後れを取ってそのままとは。ふん。えらそうにしておるが、我らが師範代殿はとんだ腑抜けぞ」

鼻を鳴らして手を振る。下がれという合図だったろう。

「しゃ、しゃかい殿。お気をつへれ」

一声、ふがと残して山崎が西詰めの一団の方に下がる。

〈しゃかい〉と呼ばれた男は山崎に答えることなく、さらに一歩前に出た。

間合い四間（約七・二メートル）は、すでに一触即発の距離であった。

〈しゃかい〉がわずかながらに背を丸め、三左を睨みつつ佩刀に手をかける。なかなか力のある眼光だと、なるほど隙のない身構えだと認めながらも、三左はまだうっそりと佇《たたず》んで動かなかった。

戦いの場に臨《のぞ》み、それ以上に気になることがあった。

「ほう。青二才のわりに場数は踏んでおるようだ。おぬし、名は」

「内藤三左衛門。まあ、俺のことはいいや。どこにでもある名だ。それよりあんた、どういう字を書くんだ？」

男が一瞬、怪訝な表情を作る。ゆらゆらと漂《ただよ》い始めていた剣気も散る。

「しゃかいとは珍しいというか、えらくご大層な名だ。広く世間の社会でいいのか。

それとも、仏道無数界の沙界か」

四書五経はもとより、三左には学もある。剣だけでなく、次郎右衛門から叩き込まれたものだ。

「うぬっ」

怒りか、〈しゃかい〉の双眸《そうぼう》に朱が散った。次いでふたたびの剣気は、爆発であった。

「酒井《さかい》だ。酒井玄蕃《げんば》っ。参る!」

〈しゃかい〉改め酒井が、橋板を踏み抜かん勢いで大きく踏み込んで刀を鞘走らせる。

刃筋たしかな一閃は軽やかに風を断ち割って三左に迫った。

「うわっ、とっと」

まだ柄に手もかけていなかった三左は、大仰に喚《わめ》いて半開しつつ飛びすさり、着地と同時に腰を捻《ひね》った。

音もなく引き抜かれた三左の白刃は真っ直ぐ天に伸び、月星の影を集めて青い光芒を放った。

「なんだ、酒井か。考えて損した」

不敵な笑みを見せながら左足を差しつつ太刀を脇に落とす。

「俺んとことおなじ、大名止まりの大したことねえ名だ」

わずかに強まった風が、笑うかのように二人の間を鳴き渡る。

まず動いたのは、先の一連に心を乱して定まらぬ酒井の方であった。

「おのれっ」

眼に爛熟《らんじゅく》たる炎を燃やし、短い呼気とともに連撃を突き入れる。二連、三連、四連となっても酒井の突きは止まなかった。

手練れのたしかさを示し、打突は突くと同時に隙なく瞬転で引き戻された。間のない連撃は必然として、恐るべき早さをそなえた必殺のものとなる。

だが――。

「おおっ」

酒井よりなお清々とした光を眼《まなこ》に宿し、三左は橋上を滑るように廻ってそのことごとくをいなし、六連の終《しま》いにわずかな緩《ゆる》みを見てとると、脇から斜光《しゃこう》糸を引く一閃を摺り上げた。

「うぬっ」

酒井が身を傾け、かろうじて鬢《びん》の外に避け、それで打突の連撃は止まった。

互いの位置を入れ替え、三左は橋下に剣尖を八双《はっそう》から差し伸べて立った。

風に乗って川下に舞う端切《はぎ》れがあった。三左が斬り離した酒井の左袖であった。

見る限り、風がまた緩やかなものになっていた。

ほのかに匂う木蓮《もくれん》の香りを三左は感じた。

一刀を肩に担ぎ、身をわずかに沈めて三左は白い歯を見せた。

「へっ。初夏の風さわやかな夜に、あんたらいかにも無粋《ぶすい》だなあ」

「くっ」

袖を飛ばされて酒井がいきりたった。

「下郎めがっ」

唸りを上げる酒井の刃に身を晒《さら》し、三左は生死ぎりぎりの間境を一陣の爽風となって吹き抜ける。

それぞれの刃が咬《か》み合う音はしなかった。

きらめきの交錯は、ただの一瞬であった。

位置をふたたび戻し、大川橋の上と下に孤影が立つ。

三左の剣は、残心の位取りの先に力強く伸びて微動だにしなかった。

身を崩したのは酒井の方だった。

三左の一刀は、酒井の胴を存分に斬り裂いていた。

声なく音高く、血飛沫《ちしぶき》を上げながら酒井の身体が橋上に倒れ込む。

——ああっ。

——うぬっ。

西詰めの男らの気配が大きく揺れた。

「ついでだ。一掃、といこうかい」

三左は刃に血振りをくれて振り返り、西詰めを睨んだ。

たもとに棒立ちの六人に一様な動揺が走る。

ひと足大きく差し、だが三左の動きはそこまでであった。

――野郎。舐めんなよっ。

――このさんぴん野郎め。

――そうだ。そりゃあっ。

前回同様、伝蔵らの嵩にかかる声がし、次いで二対の悲鳴が上がって派手な水音がしたからだ。

悲鳴のひとつは、明らかに前と同じ声であった。

「かあ。まったくようっ」

袖口に血脂をぬぐって鞘に納め、三左は頭を掻きながら振り返った。

「やい伝蔵。なんで毎回毎回、懲りもしねえでお前は飛び込むんだっ」

帯に手をかけながら三左は怒鳴った。

暗い川面にぽっかり浮き上がった影から、すいやせんと湿った声が聞こえた。

着物と大小を政吉に預け、あきらめの溜息混じりに三左は大川に飛び込んだ。

そうこうしているうちに東西の辻斬りは雲散霧消するだろう。わずかでも手掛かりが残ればめっけものだが、当てにはできない。

今回はおとなしく運ばれるにまかす伝蔵を岸辺にあげれば、案の定、辻斬りの姿も斬り伏せた酒井の骸《むくろ》も橋の近くにはなかった。

「伝蔵。少しは考えろ」

「面目ねえ」

素直に伝蔵は頭を下げた。

「今度ぁ、もうちっと泳げるようにしときやす」

「考えんのはそこじゃねえっ」

伝蔵を一瞥し、着物に袖を通しながら大川橋にあがる。

酒井の血潮が橋板に、はや黒々と固まり始めていた。

「あんた、いい腕だったのにな。道踏み外しちゃ、行き着く先は奈落の底だぜえ」

星の瞬きをながめつつ、三左は嘆息気味に一声吐いた。

ちなみに、この夜大川に流れた辻斬りは百本杭で土左衛門としてあがったが、大塚右門の言に拠《よ》ればこれといった手掛かりは見つからず、同じく大川に飛び込んだ伝蔵は夜気に当たり、夏風邪をひいて三日間寝込んだ。

第三章　姉弟奪還

一

賭場も辻斬りのこともあって、この二度目の辻斬りの夜も三左が屋敷に帰り着いたのは、おそらく夜の八つ（午前二時頃）は廻っていただろう。

前回同様、右門のところにはその場から政吉を走らせたが、翌日を伝言することはしなかった。おそらく今回はなにもないだろうと踏んだからだ。

政吉はまた、二つ名どおり寝ずに山脇屋の仕事をするはめになろうし、右門も深夜に起こされ早朝から働くことになろうが、三左は気にせず寝ると決めていた。三左も死生ぎりぎりの間で働いた。負い目はない。

次郎右衛門らがまたどこそこに行くと話していたのは、なんとなく聞いていた。であれば、中途半端に早起きしても朝餉など有り得ない。ただ腹が減るだけなら、寝通すに限るのだ。

だが、

「ほれぇ」

いきなり箱枕を蹴り飛ばされて三左は飛び起きた。

「な、なんだなんだ」

寝惚《ねぼ》け眼《まなこ》をこすって見れば、枕元に次郎右衛門が立っていた。軽衫《かるさん》穿《ば》きで、すでに出かける気満々は見て取れた。

「なんだではない。もう朝じゃ」

「朝、だあ？」

いわれて外に顔を向けるが、障子から差し入る陽はあるといえばあり、ないといえばなかった。おそらく、時刻はまだ明け六つ（午前六時頃）になるやならずであったろう。

「……俺は寝る」

また布団に潜り込もうとすると、次郎右衛門に襟首をつかまれた。

「朝といったら朝じゃ。朝には起きるもんじゃ。儂らはもう一刻（二時間）も前から起きとるぞ」

「俺は爺さんじゃないんだ。そんなに早く起きられるか」

「だから今まで待ってやったんじゃ」

「って。だからなんなんだいったい」

「おうそれじゃ。吉田さんがな」

にんまりとして次郎右衛門が顔を寄せた。

その口が語るところによれば、前夜の賭場にお菊の父、吉田孫左衛門の姿がなかったらしい。三左は気にしたこともないが、なにもなしに孫左衛門が賭場に顔を出さぬなど有り得ぬと、なぜか次郎右衛門は自信たっぷりに胸を張った。

「ということで、おぬしが見てこい」

「はあ。なんで俺が」

「儂らはもうすぐ出かけるからじゃ」

「その前に行ってくればいいだろう」

「阿呆《あほ》め。この時刻では、まだ先方に迷惑じゃろうが」

ならば孫はいいのかと、いってもせんないとわかるほどには目が覚めていたから、三左はやめた。

「吉田さんは、伝蔵風にいえば大事なお客。しかも常連さんじゃ。おぬしにもきちんと賭場の所場代は渡しておろうが。そのくらいは働け」

「かあっ。雀の涙でえらそうに」

「まあ、儂はかまわんがな。じゃが働かんで」

顎をさすって次郎右衛門はにやりと笑った。

「その雀の涙でも、なくなって困るのはおぬしの方ではないのか」

しまったと思っても遅かった。外堀を埋められ内堀を壊され、一矢《いっし》もむくいぬうちに話は牙城《がじょう》に迫られというか、もう喉元に氷の刃だ。

「左様でございます。お働きなされ」

どこから聞いていたのか、ちょうどいい間で嘉平が障子を引き開けた。

その背に、昇る朝の光がようやく見え始めた。

二人がそろうと、お手上げだ。

「わかったわかった。後でな、後で」

せめてそうささやかに抵抗して布団を被ろうとすると、今度は次郎右衛門の手は出なかったが嘉平の声がついてきた。

「おや。よろしいのですか。今なら朝餉の用意がございますが」

上手《うま》いところを突いてくる。どうにも寝かせる気はないようだ。

身体は正直で、朝餉と聞いて腹がけたたましい音を立てた。

次郎右衛門と嘉平の冷ややかな目は見るに堪えない。

いさぎよく負けを認め、本丸寝床を明け渡して朝餉を食おうと決め、三左は昇る朝陽に顔を向けた。

二

一汁一菜の朝餉もそそくさと、次郎右衛門と嘉平はどこへやら知らず出かけていった。

後はご勝手に、片付けは丁寧《ていねい》にと、口やかましい嘉平の念押しを聞き流してとりあえず三杯の飯を食う。

茶までのんびりと喫し、三左がやおら腰を上げたのは次郎右衛門らが出かけてから四半刻(三十分)ほども過ぎた頃だった。

障子越しにも朝陽が眩《まぶ》しいほどである。よく晴れた一日のようだった。

身支度を整え、三左が表に出たのはさらに半刻(一時間)の後である。

吉田家に向かって通りを行き、南割下水の小橋を渡ると、

「おっ」

むこう川岸に、ちょうど家を飛び出す菊乃の姿が見えた。が、声をかける暇はなかった。三左とは逆の方向に、蹴出しを散らしながら駆けてゆく。

こんな朝っぱらからといぶかしみながら屋敷に近づく。

痩せても枯れても旗本である三左の屋敷は両開き門であるが、御家人である吉田家は引き戸門である。その引き戸は、おそらく菊乃の手によって開けっ放しであった。よほど慌てていたに違いない。

門内をのぞくと、身繕いを整えながら奥方が玄関先に出ようとするところであった。

「おや。これは内藤様」

その場に膝をついて手を支《つか》える。内藤家の格式は十分にわきまえている奥方であったが、三左はしゃちほこ張ったことは嫌いだ。

が、お気になさらず、そのままそのままといおうとする三左の口は、先に奥方の口から出た言葉で開いたままとなった。

「わざわざのお見舞い、恐れ入ります」

なんのことやらわからず固まる三左は、促されるままに奥へと通された。

狭い廊下を行く間に奥方がかいつまんで話すところを聞けば、どうやら主の孫左衛門は寝込んでいるということであった。病気ではなく、怪我である。

なんでも知り合いの御家人からたまたま、霊雲寺《れいうんじ》にほど近い剣術道場から出てくる数馬を見かけたという話を聞き、押っ取り刀で単身乗り込み、かえって道場の連中に袋叩きにあったらしい。

霊雲寺とは、五代将軍綱吉《つなよし》の時代に、綱吉と柳沢吉保《やなぎさわよしやす》によって創建された幕府永代りであった。

祈願寺のことである。湯島にあった。

「なるほど、そういう経緯でしたか。なんとも、ひどい話ですな」

などと先に立つ奥方に話を合わせながら、手ぶらもなんだとこっそり紙入れをのぞけば小銭はなく、なんと前夜に伝蔵からせしめた用心棒代の小判が一枚入っているきりであった。

思わず三左の口から舌打ちが洩れた。

「えっ。なにか仰《おつしや》いましたか」

奥方が一度立ち止まって振り向いた。

「いやいや。別に」

三左はとってつけた笑いを浮かべながら後ろ手で器用に小判を懐紙にくるみ、

「祖父もずいぶん気にしておりまして。さっき聞いたばかりなのでなにぶん、形までは整えられませんでしたが、これは、ほんの気持ちばかり」

と、差し出した。

「まあ。これはご丁寧に」

奥方の顔が大いにほころんだと見えるのは、懐紙の手ざわりと持ち重りから小判と知ったからか、それとも、小判に未練たっぷりの三左の気の迷いか。なんにしても、奥方の案内がそれまでより倍増しで丁寧になったのだけは間違いなかった。

「あれ。あなた、そんな身体でっ」

外廊に曲がった奥方が口に手を当て、悲鳴に近い声を上げた。

三左は奥方を避けて前に出た。

座敷から刀を杖とし、顔をえらく腫《は》れ上がらせた痛々しい姿の孫左衛門がまろび出ようとするところであった。はだけた寝間着の腹回りから胸にかけては血のにじんださらしもうかがえた。

「おっと」

今にも倒れんとするところに三左が走って支える。

「なんっ。おっ。こ、これは、内藤殿」

「なんだい、吉田さん。おとなしく寝てないと、治るものも治らんぞ」

「お、お気遣いは、ご無用に」

「なんだかしらんが、そんな身体じゃなにをするにも無理だろうよ」

「し、しかし、菊乃が」

孫左衛門の目に必死さが見えた。

「まあまあ」

「わ、儂は行かねば。菊乃が。あの道場に巣くう手合いは」

「まあまあ」

なんとかなだめすかしてというか、問答無用に寝かしつける。

孫左衛門の呼気が熱く、荒かった。脂汗も額に浮かぶ。見る限り肋《あばら》の一、二本は折れているか。たかが寝床から起き上がっただけでそれでは、どだい、外に出るなどは無理な話だ。

三左は枕元に座を占め、あえて孫左衛門になにも聞かなかった。

孫左衛門がそうまでしてなにをしよう、どこへいこう。

話の筋は、もう見えていた。

怪我人と見舞客の態《てい》が落ち着くと奥方が、これは気がつきませんでと勝手方に立った。

なんといっても一両の見舞いだ。茶箪笥《ちゃだんす》の奥からとっておきの一杯でも入れてくれるものか。上手くすれば羊羹《ようかん》のひと切れもついてくるか。

などと考えつつも奥方の足音をたしかめ、去るのを待って三左は孫左衛門に顔を寄せた。

「吉田さん。心配だろう」

三左の落とした声に、苦しげに喘《あえ》ぎながらも孫左衛門が顔を向けた。

「そ、それは、もう。それがしが、不甲斐ないばかりに、菊乃にも、数馬にも……」

「そんなことはない。子を思うその気持ち。菊乃には届いてる。数馬にもきっと届く」

「で、ですが」

「二人のことは心配するな。湯島、霊雲寺近くだったな。その」

「と、戸田《とだ》道場、でござる」

「戸田か。わかった」

三左の厚情を感じてか、孫左衛門の目から涙がこぼれた。

「は、はい。か、かたじけな——い？」

いい場面だが、孫左衛門の語尾は戸惑いも込めて疑問に揺れた。

三左が媚《こ》び丸出しににんまりと笑ったからである。

「ついては吉田さん。さっき見舞いに一両包んだんだが」

三左は顔をさらに孫左衛門に寄せた。

「あれをな、後でこっそり返してくれれば引き受けるが、どうだ」

泣いた分は孫左衛門の損、孫左衛門の負けである。

急にとまらぬ涙のままになかば呆れ顔を作り、孫左衛門はかくりと頷いた。

「お待たせしまして。ささ、内藤様。大したおもてなしも出来ませんが」

奥方が上等な塗り盆を捧げて帰ってきた。貧乏御家人の家には似つかわしくない品だ。とっておきなのは間違いない。

内心で揉み手をしながら三左は待つが、澄まし顔の奥方から差し出されたのは湯飲みだけであった。しかも――。

（おっ。羊羹、羊羹）

（白湯《さゆ》か）

一両で湯だけ、いや、後にただになるなら湯も馳走《ちそう》、か。

そよ風が座敷に廻って障子を揺らした。

どっちもどっちだと、笑っているように三左には聞こえた。

三

白湯をひと息に飲み干した三左は孫左衛門に目で念を押し、奥方に見送られて屋敷を出た。

一両の見送りは実に丁寧で、破《わ》れ門の外まで奥方が出てきた。

悠然と送られ、見返し見返しながら奥方が門内に消えるまで歩き、そこから先は着流しの裾をからげて一目散である。

目指すは湯島霊雲寺近くの戸田道場であった。

両国橋の賑わいを掻き分け、神田川沿いを一気に駆け抜けて八辻ヶ原《やつじがはら》から昌平橋を渡れば湯島である。

神田明神から道々の茶店やら担ぎ売りに聞けば、戸田道場はすぐにわかった。なにやら胡散《うさん》臭い浪人どもが始終出入りを繰り返すと、ある意味近所では評判の道場であるらしかった。

主の名が戸田源斉《げんさい》であるともわかった。四十絡みの尊大な男であると、聞く者聞く者が眉と声をひそめた。

この辺りには町家が少なく、大名家の下屋敷や神社仏閣が多い。一本路地を入れば樹木が濃い昼闇をつくる場所がいくつも見られた。

次第に行き交う人が減る通りを駆け抜ければ、目指す戸田道場は霊雲寺の先、どちらかといえば湯島天神の切通坂《きりどおしざか》に近い方にあった。

存外に立派な道場である。開け放した門の内側、両脇に堂々とした櫟《くぬぎ》の巨木がそびえ、道場口までは石畳が十間（約一八メートル）は続いていた。

「ふん。胡散臭いってのは、どこで見てもこういうもんだな」

田沼の時代から清《せい》には貧《ひん》がついて回る。胡乱《うろん》や汚濁の中でこそ、富はにぶく輝き腐臭を放つ。

軽く息を整えながら門をくぐり、案内《あない》を請うこともなく三左は式台に足を乗せた。

奥から突如として破裂するような、男どもの下卑た笑いが起こったのは、ちょうどそのときであった。

——はっはっ。てこでも動かない。気の強い娘だ。

——だが、可愛らしい顔をしとるぞ。

——動かんなら居ればよい。夜までなあ。

三左は飛ぶようにして奥へと走った。

途中、三左の足音を聞いてか脇座敷から顔を出す男があった。目つきに隠しようもない浪々の荒《すさ》びが見えた。

「おっ」

一声を許しただけでかまうことなく、ただの一撃でぶちのめす。小者に長々とかかずらっている場合ではなかった。

内庭に面した道場の板戸を力まかせに引き開ける。黒光りする板間の、なかなか広い道場であった。

十人からの男達の輪の中に菊乃は毅然《きぜん》として端座していた。

菊乃を取り囲む男達に、刺し子の稽古着を着た者は一人もいなかった。垢染《あかじ》みた着物で月代も伸ばし放題の、浪人然とした男ばかりである。剣術道場にはあまり似つかわしくなかった。

かろうじて稽古着らしきものを着ているのは、道場の片隅に固まった、幼い顔をした三人の少年達だけであった。それにしても継ぎ接《は》ぎだらけの胴着ばかりである。おそらくみな貧乏旗本や御家人の子弟なのだろう。

その中に、青い顔をしてうつむく数馬の姿もあった。

「ちょっとご免よ」

いきなりの闖入《ちんにゅう》者に戸惑いを隠さぬ者達の間を割り、三左は菊乃の隣に立った。

離れては毅然と座っているように見えたが、菊乃の細い肩は震えていた。

「内藤様」

「無茶、ではあるが、頑張ったな」

見上げる菊乃に、三左は力強く頷いた。

「なにやつだ」

野太い声を発したのは正面の浪人であった。大した腕ではなさそうだが、背ばかりは三左を超えてでかい男である。

「俺のことなんざどうでもいい。気にするな」

「なんだと。ここを戸田源斉先生の」

「まあ。ちょっと待っとけ」

取り合わず、三左は顔を道場の一隅へ向けた。

「数馬っ」

呼ばれて少年らの中で身を撥ね、数馬がおずおずと顔を上げた。十四とは聞いていたが、まだ痘痕《あばた》も消えない、どうしようもなく子供の顔がそこにあった。

「お前。親父さんが半殺しの目に遭わされんのを、指をくわえて黙って見てたのか」

「い、いえ。わ、私は」

「今もっ」

三左は指を突きつけ、語気強く数馬の言を遮《さえぎ》った。

「こんな連中に囲まれて姉上が小馬鹿にされてんのを、そこでうつむいて見て見ぬ振りか」

数馬はなにも言わなかった。

「姉上を見ろよ。気丈にしてるようで震えてるじゃねえか。ここのよ」

三左は自分の胸を音高く叩いた。

「全部全部を振り絞ってんだ。弟のために、お前のために。情けないと思わねえのかっ」

「くっ」

数馬は唇を戦慄《わなな》かせて下を向いた。

「思わねえのかって聞いてんだっ。こっちを見やがれっ！　おい、惣領！」

道場を振るわすほどの大喝であった。

「は、はいっ」

数馬が顔を跳ね上げた。数馬だけではない。菊乃も、一隅の少年らも残らず三左を見た。

「いったん、帰るぞ。いいな」

「……は、はい」

「よし。――ということだ」

三左は正面に向き直った。

「連れて帰るぜ」

「なっ」

三左の調子に巻き込まれていたのだろう大男が、目をしばたたかせて正気づく。

「ばっ。なにを勝手なっ」

大男が吼《ほ》え、取り囲む浪人衆が順次色めき立つ。

「ううむ。我らが道場に上がり込み、傍若《ぼうじゃく》なる振る舞い。おぬし、このまま無事に帰れると思ってかっ」

大男が手を振ると、おうと声をそろえて浪人らが一斉に長押《なげし》に向かい、それぞれの手に木刀を取った。

気負いも衒《てら》いもなく男どもの一連をながめ平然と、

「まあ。無事に帰る積もりじゃあいるが。こっちこそな」

菊乃を立ち上がらせて少年らの方に押し、三左は正面の男に向けて大きく笑った。

男臭くいかにも楽しげな、強い笑みであった。

「このまま、なにもなしに帰ろうなんざ思っちゃいねえぜえ」

——おのれっ。

背後から一人が木刀を大きく振り上げて三左に突っかけた。

流れるように身を返して柄中《つかなか》辺りで落ち来る木刀を押さえ込むと、三左は勢いにまかせて男の顔面に肘をぶち込んだ。

「ぐえっ」

苦鳴とともに崩れる男は捨て置き、そのまま手の内に残った木刀を三左は肩に担いで一隅の少年らに笑いかけた。

「おい、餓鬼ら。よおく見とけよ。今から俺が、稽古じゃ得られないものを見せてやる」

「おのれっ」

怒気露《あら》わな浪人らがこぞって三左に寄せた。殺気が盛り上がって小山のようである。

だが——。

「おおっ！」

中心から逆に噴き上がる闘気の爆発は、小山を破砕しこなごなにするに足る十二分の力と早さを備えていた。

腰を低く落とし、木刀の拙速にわずかな隙を見出した三左は死生に迷うことなく飛び込み、右耳三寸（約九センチ）に唸りを聞き落としてまず一人目の手首を砕いた。

それまで三左が立っていた板間を一瞬遅れに、木刀の集中がむなしく叩く。おそらく何人かは、三左の残像を叩いたと勘違いしたのではあるまいか。それほどのぎりぎりである。

だが実際にはその間に、三左は苦悶の表情を見せて木刀を取り落とす一人目を邪魔だとばかりに蹴り飛ばし、できた空きからはや囲みの外に脱していた。

三左は拍子を整えるようにうっそりと立ち、ゆっくりと振り返った。

「来いっ！」

三左の威声に知らず動かされ、一人一人が雑に板間を蹴る。

合わせるように、三左も目に炎を宿して動き出した。

多勢と無勢の激突ではあったが、帰結は実にあっけないものであった。

ここから先の三左は、まるで一陣の旋風であった。

三寸の見切りに全ての木刀を過ごしては、必ず後の先を取って浪人衆のどこかを叩いた。

けっして木刀が咬み合う音はしなかった。あるのは風の唸りと、浪人衆の怒号と苦鳴、ただそれだけである。

三左が吹き抜けると同時に、浪人衆は一人また一人と道場に伏し倒れた。

大男を残して、全員が板間に転がるのにいったい何瞬を要したか。少年らは三左の剣になにを見たか。いや、その前に剣舞を見切れたか。

三左は大男の前に立つと、木刀の剣尖を眼前に突きつけた。

「なら数馬、もらって帰るぜえ」

大男は顔を真っ赤にして小刻みに震えるだけで、なんの異を唱えることもなかった。


「何事だ。騒々しい」

庭とは反対の奥から騒ぎを聞いて、道場主の戸田源斉であろう男が現れたのは、三左が数馬と菊乃を連れて引き上げようとしたときであった。

別に町道場の主になど興味もなく、三左は数馬と菊乃を両脇に従えて道場を出ようとしたが、

「おっ。これは」

短い驚愕と、刃物のような視線を感じて振り返った。

道場の板間を挟《はさ》んで真向かいに戸田源斉とおぼしき袖無し羽織に袴《はかま》の人物が、同じ

ような年回りに見える稽古着の男を一人従えて立っていた。

総髪の源斉は小柄ではあるが恰幅がよく、なるほど、町の衆がいうほどには目に険があって怜悧《れいり》に見えた。いや、酷薄の相か。

だが、短い驚愕で三左の足を止めさせ、視線で思わず振り返らせたのは、この戸田源斉ではなかった。

稽古着の男である。

源斉は昨今の道場主に多い、おそらく世渡り上手の手合いだが、こちらは恐ろしくできる男だと三左は見て取った。

根太《ねだ》のような鼻にも特徴があるが、それよりも底光る糸のような目が強い男であった。最前から三左に当てる視線にも、現《うつつ》に刺す針のような威圧を感じた。

「と、戸田先生」

先の大男が泳ぐようにして寄り、源斉の前で見るもおかしいほどに小さくなる。

道場の中を一瞥し眉間に皺を寄せるが、それだけで源斉はさして動じなかった。顔つきにも変化はない。まるで能面のようである。

「山田《やまだ》氏。これはどうしたことかな」

先の驚愕とは声が違った。声も視線も、やはり稽古着の男のものに相違ない。

「はっ。そ、その」

口ごもる大男をよそに、源斉の目が三左で止まった。

「そこもとは、道場破りか」

「おおさ。なんなら奥へ通してくれて、今日のところはこれでってひと包みくれるんならそれでもいいが」

顔の斜め下。特に左側からの視線を強く、痛いものに三左は感じた。菊乃の視線だ。

「……いや。俺は道場破りではない」

頼まれて数馬を連れ戻しに来ただけだといえば、菊乃の痛い視線はほかに流れ、戸田源斉がふむと頷いた。

「そういえば先日、我が道場の掛人《かかりゅうど》らが数馬の父御に怪我を負わせたと聞いた。いきなり怒鳴り込まれ、わけもわからぬうちにという話ではあったが、いずれ見舞いにはと思うていたところでな」

「けっこうです」

怖い視線を源斉にひた当てながら、菊乃が凛《りん》とした声を張った。

このときだけ一瞬、源斉の目に炎のような光が宿ったが、すぐに消えた。能面はあくまでも能面である。

「弟と違って、なかなか勝ち気な娘だ。名はなんと申す」

「お教えするつもりはございません」

本来ならこういう掛け合いを三左は嫌いではないが、今はとてもはやし立てていい状況ではない。最前までならまだしも、稽古着の男が前に出てきたらおそらく、菊乃や数馬をかばって戦うなどまず無理だろう。

「まあ、それはそれとして」

なにがそれかは三左にもわからないが、適当な咳払いにごまかして菊乃と源斉の間に入った。

「見舞いにまで行こうとするくらいなら、数馬を連れて帰っても文句はないな」

「勝手にすればよい」

源斉の返事はにべもなかった。

道場の後始末を大男の山田に言い残すと、源斉はさっさと奥に戻っていった。しばし針の視線を三左に据え当て続けていたが、稽古着の男も同様だ。

三左は今度こそ、菊乃と数馬を従えて道場を後にした。

（それにしても）

通りに出て道場を振り返り、門内の櫟を仰ぎ見る。

（おっ。これは――か）

道場内で振り返ったのは針の視線を感じたからだが、まず足を止めたのは、稽古着の男の声になんとなく聞き覚えがあるような気がしたからだ。

(おっ。これは——ねえ)

短い言葉だけでは、曖昧模糊《あいまいもこ》として上手く思い出せそうにはなかった。

「まっ、いいやな」

必要があればいやでも思い出すべきときに思い出す。

それが摂理だと、内藤三左とはそんな男であった。

四

帰り道は陽も中天に高く、よく晴れて気持ちのいい日和であった。

だが——。

(なんだこれは。通夜じゃねえぞ)

菊乃、数馬を連れて辿る道はどちらも下を向いて会話もなく、実に重かった。といって無理に口を開かせても、おそらく姉は弟への繰り言に終始し、弟からは幼さもあってきっと謝りの言葉は出ないだろう。それはそれでいやな道中だ。

さてもさてと腕組みで二人の後ろから道をゆくと、次第に三左は空腹を覚えてきた。日輪の向きを見れば、時刻はそろそろ昼であった。

考えれば次郎右衛門に叩き起こされての朝餉は、ほぼ日の出の頃であった。それから吉田家を廻って湯島まで走り、休む間もなくの大立ち回りである。
（そりゃあ、腹も減るな）
と一人笑うと、身体は正直に腹からけたたましい音を発した。
いきなりの音に虚を突かれ、菊乃も数馬も思わず足を止めて振り返る。
（おっ。いい感じだ）
三左は腹をなでさすりながら大きく笑って見せた。
「腹が減った。お前らも腹が減っただろう。なんか美味い物、食わせてやるよ」
姉弟が一瞬だけだが顔を見合わせ、それぞれに三左を見上げた。
戸惑いを見せ、二対の瞳が揺れていた。
「なんだなんだ」
思わぬ展開に、三左は思わず一歩さがった。
剣士である。死生の間に踏み出すことに恐れはないが、情の揺蕩《たゆた》い、その扱いには
どうにも慣れない。これも三左の、持って生まれた質《たち》だ。
——大丈夫なのですか。
——無理されていませんか。
別々に聞けば二人分だが、音は一色に混ざって三左の耳に飛び込んだ。
（……信用、ねえな）

十人からをあっさりとなぎ倒す鮮やかな剣舞を見せつけてもいっこうに持ち直さないほど、三左の平生、その金欠振りには信頼が置けないと二人は知るのだ。

多少なりとも心が痛んだ。

降り注ぐ初夏の陽差しが、重かった。

まず頭を掻き、大きく息をし、それから、

「まったく、いいたいことといってくれるぜ」

三左は前に出て二人をそれぞれ両袖の内側に巻き込んだ。

「けどな、そんなことはお前らが気にすることじゃない。俺にまかせとけ。お前らは、とにかく美味い物を食えばいいんだ」

巻き込んで、まだどちらも細い二人の肩を抱いた。抱いて叩いた。

姉弟は揺すられながら顔を見合わせ、どちらからともなく微笑んだ。

三左の腹がまた音を立てた。

姉弟は脇から三左を見上げた。

――はい。

――はい。

音と心をそろえてひとつに重なる声が、三左には心地よかった。

(さあて、こっからだな)

二人の肩を抱いて足を踏み出しながら、三左は視線をさまよわせた。

なけなしの一両は吉田家への見舞い、というか、まだ預けたままだ。

一文も持たぬ身で、さてどうするか。

（まあ、なんとかなるだろう）

このいい加減さが最大の弱みでもありまた、実は内藤三左という男の真骨頂でもあった。


それから四半刻。

雀の群れが通りの地べたに下りてこぼれ物をついばみ、子供らが路地を我が物顔で駆け回る時分である。

三左は小舟町二丁目、みよしの帳場の前に這いつくばっていた。

見ようによっては土下座、というか明らかに土下座である。

菊乃、数馬姉弟を連れてさあてと考えはしたが、実は考えるまでもなく無一文を通してくれそうなところなど、このみよし以外には有り得なかった。

考えたのは、いかにおつたに今日のつけを納得してもらうか、である。

いらっしゃいましと顔を出したおつたが口を開く前に、むにゃむにゃといい募《つの》ってとりあえず姉弟を二階に押し上げ、三左は帳場の前に膝をそろえた。

「頼む。このとおり」

軽く頭を下げ、おつたの無反応を感じてもう一段下げ、通りに下りた雀の親子が満腹になって飛び立つほどの間に、さらに下がって今である。

三左はそろそろと顔を斜めに上げた。

おつたは帳場に座り、つんと横を向いたままであった。

やがて、おつたの切れ長の目が正面に動く。

三左は慌てて顔を下向けた。

吐息のような溜息がひとつ。

「お旗本にそんな格好をさせちゃ、あたしが悪く見られちまう。とりあえず顔を上げてくださいな」

頭を上げるにはのしかかる声が重かったが、耐えて三左は頭を上げた。金はないのだ。耐えるしかない。

「お一人ならまだしも、三人ねえ」

おつたが帳場机に頬杖を突いた。憂げな表情が実に色っぽいが、今そんなことをいったらおそらく逆鱗《げきりん》に触れる。

「お一人ならまだしもってことは、なんだ、一人ならいいのか」

「そうじゃありませんっ。一人なら追い返すだけですむってことですっ」

どちらにしても逆鱗に触れる。

「……なるほど」

三左は腕を組んだ。妙に納得できる話である。

「無一文なら無一文で、行ける場所はあるでしょうに。千歳屋の割裂箸はどうしたんですか？」

「いや、それはあるぞ。まだある。二回分ある」

三左は懐に手を当てた。

「だがな、千歳屋みてえな人足や職人がどんぶり飯をかっ込むところじゃ駄目なんだ。俺はあの姉弟にな、きれいな器の、食ったことねえ物を食わせてやりたいんだ」

おつたはじっと三左を見つめた。

「ただ湯気の立つ物は身体を温めるだけだが、美味い物は心も温めるって、ははっ、こりゃあ、亡くなったお前の親父さんの受け売りだがな」

三左は笑って首筋を叩いた。

おつたがまた溜息をついた。が、先のものよりずんと長かった。

「お父っつぁんを出されちゃ、仕方ないか。上がっちまった二人を、無慈悲に下ろすわけにもいかないし」

「おっ」

三左は腰を浮かしかけ、

「ただし」

おつたの声にまた、元の姿勢に戻る。なにやら犬のしつけのようだ。

「きれいな器の、食べたことない物は高いですよ」

「……はい」

「しっかり稼いで、半年も溜めずに払ってくださいね」

「……頑張ります」

「なら、お二階へどうぞ。早く行かないとあの姉弟も不安がっちまいますよ」

「おう。そうだな」

太刀を手にすると、三左はどたどたと二階へ駆け上がった。

後ろ姿を見送っておつたは表情を和らげた。くすりと笑いもしたようだ。

「素寒貧《すかんぴん》でも人の世話か。――でも、そこがいいところではあるんですけどねえ」

おつたはいそいそと帳場を立った。

腕捲《まく》りは姉弟のためにか三左のためにか、なんにしても、縒《よ》りをかけるための支度に違いなかった。

「うわあ。美味しい」

う。

「姉上、これも美味いぞ」

小鯛と蕪《かぶ》の焚《た》き物やら山椒《さんしょう》味噌を塗った焼き梭子魚《かます》やら、普段口にせぬ料理に、はじめは戸惑って箸を出さなかった二人も、次第に顔をほころばせて舌鼓《したつづみ》を打ち始めた。唐津《からつ》や伊万里《いまり》の、とりどりの色を見せる器も緊張をほぐし、目に馳走であったろう。

あれがいくら、これがいくらと算盤《そろばん》を弾《はじ》けば気が遠くなりそうであったが、今は措くと決めて三左は思考を切り替えた。

「おっ。これは姉上好みじゃな」

「これは数馬がおあがりなさい」

まずはこの二人に笑顔と会話が戻ればいい。

三左は杯を傾けながら目を細め、一心不乱に箸を動かす二人をながめた。

その銚子一本は、おつたの心ばかりであった。

――これはお勘定に入れませんよ。

料理を並べて去りぎわにささやいたおつたのひと言である。ありがたく呑む。

「よかったらこっちのも食え」

後ろ髪引かれつつ、三左は自分の膳を二人に押した。

「えっ。でも、内藤様もお腹《なか》が」

「そうそう。派手に鳴ってましたが」

「気にするな。俺の飯ってのは」

杯を掲げ、今は鳴るなと腹に念じて大きく笑う。

「こっちなんだ。呑み始めると、どうにも食えねえんだ」

菊乃は半信半疑ながら、数馬は真っ正直に三左の膳を引き寄せた。

(あとで千歳屋の箸、使うか)

などと考えながら開け放した腰掛窓《こしかけまど》から堀に目を移す。

猪牙《ちょき》やら高瀬舟やらが忙しく往来し引きも切らない。船頭の声も高らかだ。

うららかにして穏やかな景色を肴に酒を酌む。膳は数馬の方にあって膝前になにもないのだから仕方がない。

景色をながめ、杯を傾け、景色をながめ、杯を傾け、おつたが水菓子を運んで入ってきたところで三左は口中の酒を思いっきり噴いた。

「あれっ」

「うわっ」

姉弟が慌てて顔を隠す。

「もう、三左さん。なにやってるの！」

おつたが怒るが、三左は口を拭いながら目を爛《らん》と輝かせた。

「おつた、酒だ。どんどん持ってこい」

「え？」

「それとな、誰かやって、右門を呼んできてくれ」

「は？」

おつたは目を白黒させた。なんのことやらわからない風情だ。

「思い出した。あの声はあれだ。おつた、ありゃあ、あれだ」

三左は銚子を取り上げ、喉を鳴らしながら一気に呑んだ。

「ようやく、稼ぎらしい稼ぎが見えてきたかもしれねえ」

誰もがわけもわからず固まる中、三左一人が元気だ。

酒か空腹か、新たに背負うつけが、どうやら三左の思考を動かしたようだ。

天啓のようにふと、三左は思い出していた。

――おっ。これは。

とは、聞き覚えがあるはずである。

戸田源斉の道場で主に付き従っていた稽古着の男の声。

それは、初めの辻斬りのおりに三左と分けた男の声。

あの親子蛙の根付けを持った男の声に、きわめてよく似ていたのだ。

五

「ほう。湯島霊雲寺近くの、戸田道場ですか」

終始無言で聞いていた右門がそうつぶやいたのは、三左が吉田姉弟と戸田道場の一件をつぶさに語り終えた後だった。

その前に、みよしの料理を十分に堪能《たんのう》した姉弟は帰してあった。

「菊乃。気が強いのもいいが、こういう危ない橋は金輪際渡るもんじゃねえ。それと数馬、お前はな」

帰ったら親父さんときちんと話をしろよと念を押す三左に、数馬は歯切れよくはいと答え、菊乃ともども頭を下げた。

右門が押っ取り刀で駆けつけてきたのは、それから四半刻も過ぎぬうちである。

「どうだ。戸田道場の噂、お前はなにか聞いたことあるか」

「いえ、とんと」

「そうか。まあもっとも、悪事を働こうって奴らの根城なんざ、そんなもんだろう。目立っていいことはひとつもねえ」

三左は右門の杯に酒を注いでやった。

三左と右門の前にはそれぞれ三本ずつの銚子があった。三左の覇気に押されたものか、おつたもそれだけの数を許した。

「それにしても、声が似ているだけでしょう？」

「だったらどうした」

「それだけではどうにも」

右門は杯を傾けて難しい顔をした。

「曖昧というか、決め手には欠けますね」

「だが、調べてみる価値はあるだろう」

「そりゃあそうですが。本気で人を動かすのはちょっと厳しい」

「だからよ」

三左は手酌で酒をあおった。

「こういうときに便利なのがいるじゃねえか。浅草によ」

三左は袂に手を潜り込ませると、なにやらをつまみ出して右門に放った。

「おっと」

受けて右門は眼前にかざし、矯《た》めつ眇《すが》めつした。

親子蛙の根付けである。

「使えるかどうかは本人次第だが、渡してやってくれ」

「わかりました。では、今晩にもさっそく」

右門は根付けを手拭《てぬぐ》いに挟み、懐の奥に押し込むと刀を手に座を立った。

三左は動かなかった。

いや、少し動いた。

自分の銚子は二本とも空になったが、右門は一本をまるまる残していた。

前に出て右門の銚子を取り上げ、腰掛窓に座って堀に行き交う舟を望む。

「面白くなってきた」

景色もそれなりの肴だが、戸田道場の一件の方がさらに旨味のある肴だ。

「政吉。頼んだぜえ」

勝手な人まかせも含めて酒を舌に転がせば、味はまた格別であった。

六

一人思考しながら半刻あまりをみよしで過ごし、傾き始めた陽の中を三左は深川に向かった。

酒腹ではどうにも空腹が収まらなかったからだ。呑んでよけい腹が減ったともいえる。

千歳屋でちびりちびりと呑みながらようやく、この日二度目の飯にありつく。黄昏時《たそがれ》が迫っていたが、慌てるものではなかった。

どこに行ったのかは知らぬが、夜明け早々に出かけたとなれば遠方に違いない。次郎右衛門と嘉平が帰宅するのは、場所によっては夜更けもある。空《す》きっ腹を抱えて待っても、当主のことを気にかけることなく食って帰ることさえありうる。というか、何度もあった。

そんなわけで三左が千歳屋を後にしたのは、暮れ六つ（午後六時頃）を大きく廻った頃だった。

五間堀を越え、ぶらぶらと家路につく。

昼間もにぎやかだが、深川は夜がさらに華やぐ。座敷に呼ばれた芸者衆が供を連れて忙しそうに通り、縄のれんや屋台からは一日を終えた人足や職人の笑い声が絶えない。

倹約緊縮ばかりが叫ばれ、世は次第に重苦しさを増すが、こと深川を見る限りは、それらが嘘のように庶民は楽しげに、たくましく生きていた。

「うむ。なかなかいい夜だ」

夜空の西に八日月を愛《め》でながら、三左は懐手を揺らした。

ほろ酔いにして満腹にして、気分は上々であった。口をついて端唄《はうた》も出る。

四半刻あまりをかけて竪川に出、三左は二之橋を渡った。そこから先は本所に入る。深川ほどではないが、竪川沿いの河岸道は相生町と緑町がそれぞれ五丁目まで連なり、提灯いらずに明かりが洩れてそれなりににぎやかだ。

だが、本所は河岸道から一本奥に入っただけで途端に武家地だらけとなり、急に静まりかえる。

「いい夜なんだが」

三左は、小屋敷が建ち並ぶ人通りとてない一角で、そんなことを呟きながらふと足を止めた。

「人の跡をつけるなんざ、無粋だぜえ」

誰に告げるともない声を夜空に伸ばして振り返る。

竪川に近い辻の、両側に備えた天水桶《てんすいおけ》の暗がりからそれぞれ、一人と二人の男が現れた。一人の方は見るからに巨漢である。

「なんでえ。戸田道場の大男じゃねえか」

あとの二人は知らなかった。あのとき道場の中にはいなかったのだろう。どちらもなかなかにできるようだ。

昼前からもやもやした感じはあったが、ときおり振り返ってみても往来の中に見知った者はいなかった。気のせいかとも思っていたが、みよしを出てからは明らかにつけてくる者の気を感得していた。

「四刻も五刻もか。ご苦労なことだ。おい、山田っていったっけな。お前ぇは昼飯くらい食ったかい」

答えず、できる二人がまず三左に近づいてきた。殺気が湯気のように立ち上る。

「ご両者。油断するでないぞ」

後ろから山田が声をかける。

「もとより。あれだけのことをされて、油断するものではないわ」

左の男が吐き捨てるようにいった。だが、殺気はわずかに右の男の方が強いと三左は見て取った。

「ただ、道場を愚弄《ぐろう》されてこのままでは、なっ！」

案の定、右の男がいうと同時に地を蹴った。鯉口はすでに切られているようだ。ほろ酔いではあっても胆に気を落とせば剣士の下拵《したごしら》えはできる。それだけの鍛えが三左にはあった。

怖《お》じけて退がれば、嵩にかかって斬り立ててくるのが定石だ。

三左はその場を動くことなく、腰溜《こしだ》めに太刀を絞りつつ身を沈めた。

刃風の唸りを痺《しび》れるほどの肌近くに聞き流せば、かえって体勢は十分だ。

「おおっ」

三左の腰間から銀光がほとばしり、男の左腿《もも》を存分に斬り裂いた。

声もなく体勢を崩す男に忖度《そんたく》することなく、三左は正しき八双に位取《くらいど》った。

もう一人が斜《しゃ》に引いた太刀を背に隠しつつ、すでに三左まで二間（約三・六メートル）に迫っていた。

「せっ」

地から天に、男の摺り上げる切っ先が軽い唸りとともに月影を撥ねて伸び上がる。

だが、男の刃が三左を捉えることはできなかった。

地摺《じず》りからの一閃が始動したとき、すでに三左は影もとどめず男の左脇に身を滑らせていたのである。

虚実の間を縫った、呼吸の玄妙であった。

誰もいない空間を、むなしく光の円弧が行き過ぎる。

男の目が驚愕に見開かれるが、打ち出した刃を押し止《とど》めるのはまず不可能であった。

身を開きながら片手落としに伸ばす三左の剛斬は、男の左腕を肘から斬り飛ばして地上一寸に静止した。

血が噴き出すには、しばしの間があった。

その間に残る山田はと見れば、口元にまだ余裕の冷笑を浮かべたままであった。きっとまだ、なにがどうなったかを把握できないに違いない。

三左の遣う剣はそれほどの早業《はやわざ》であり、身ごなしは流水であった。

二人目も血飛沫《ちしぶき》のうちにもがき倒れ、山田は初めて笑いの口元を妙な形に歪《ゆが》ませた。

三左は懐紙でゆっくり刀身をぬぐい、鞘に納めた。

「おい、山田」

返る答えはひっと、短く引っ詰めた悲鳴であった。

「人の跡をつけるなんて無粋はよせや。俺ぁ、南割下水の内藤三左衛門。もっとも、本所深川で内藤三左っていやあ、犬猫でも知ってる。逃げも隠れもするもんじゃねえ。ただよ」

三左は声を思いきり低くした。

「覚えときな。次ぁ、手加減なしだぜえ」

山田は身を強張らせ、ただかくかくと頷いた。

地をのたうち回る二人の、辺りはばからぬ苦悶がやかましい。

「早く手当てしてやりな」

ひと言だけ残し、三左は死闘の場に飄然《ひょうぜん》と背を向けた。

苦悶の騒々しさがやがて遠ざかる。

(ちっ。道場での遺恨ときやがった。それじゃあ辻斬りの証拠にゃならねえな)

右門に戸田道場を告げては見たが、三左にしてからが半信半疑である。辻斬りに聞いた二言三言だけが頼りなのである。

「さてどっちだか、お楽しみだ」

三左は星々を見上げてつぶやいた。

「政吉。使うだけ使って悪《わり》ぃが、まかせたぜえ」

揺るがぬ信頼の言葉を夜空に投げ、三左は辻で一度振り返った。

遠く暗闇だけが深まる通りに、戸田道場の三人の姿はもうなかった。

七

――びぃえっくしょん。

と大きなくしゃみをし、一人物陰からばたばたと辺りをうかがって政吉が首をすくめたのは、翌日の、はや暮れ六つになろうとする頃だった。

「まったく、誰が噂してんだか」

鼻をこすり、赤い目をこすって、政吉は切通坂近くの物陰から通りに首を伸ばした。

「どうせ大塚の旦那か、三左の旦那しかありえねえけどな。へっへっ。でもまあ、一度でいいから吉原の花魁《おいらん》、いや、高嶺《たかね》はいわねえでも、せめて品川や千住《せんじゅ》の女郎衆くれえにはいい噂されてみてえもんだが。けど、そうなると今度はお喜代の悋気《りんき》が怖ぇか。なんだ、じゃ駄目じゃねえか。結局、大塚の旦那か三左の旦那かい。自分でいうのもなんだが、情けねえなあ、俺」

誰に聞かせるともない、完全なる独り言である。

近くを通った者が怪訝な顔を向けて去るが、政吉は意に介さない。三日も寝ていなければ誰だってこうなるのだ。

賭場を開帳した日は決まって、そのあと帳場に入って出入りを締めるからあまり寝られない。先だっての辻斬りの日は、山脇屋のお内儀であり姐《あね》さんでもある、おりくを起こすことなくずぶ濡れの伝蔵を着替えさせるのに手間取ってすっかり朝だった。

寝ずに昼間は人夫人足の手配やらで忙しく働き、やれやれと思う頃に今度は大塚右門がやって来た。

そのまま強引に連れ出されて湯島に向かい、あらましだけ聞かされ、親子蛙の根付けを握らされて切通坂で放り出された。時刻はもう夜五つ（午後八時頃）に近い時分だった。

戸田道場の見取りもなく、目指す男の顔もなにも伝え聞きで曖昧模糊としていた。ただ、門脇の櫟だけは確実であったので屋敷はすぐにわかった。

「ここかい」

剣術道場だけあって、なるほど無頼の臭いがした。この時間でも門は野放図に開け放されたままであった。

とりあえず櫟の陰にひそんで様子をうかがえば、酔眼に大声で帰り来る五人ばかりの一団があった。

——はっはっ。しかし、酒も男ばかりではのう。

——そうそう。どうにも柔肌が恋しいわい。

——そういうな。しばしの辛抱じゃ。はっはっはっ。

聞いてもなにも考えず、ただ心に留《とど》めて動かない。たいがい政吉の役目はそこから始まる。大したことはわかっていないのだ。

一団が道場に上がってゆくと、暫時《ざんじ》のにぎわいがあって静かになり、それでも動かずいるとやがて別の一団が中から現れた。

酔っていないからだけでなく、先の一団より明らかに鍛えが上の三人組であった。

中でも一人は、政吉が見ても別格に思えた。

櫟の陰で木像《もくぞう》と化し、政吉は聞くことすら意識の外とした。

三左から、

——聞こう見ようとするだけで、気って奴は漂い出るもんだ。それだけで相手によっちゃあ命取りになる。覚えとけ。

と何度もいわれていた。

行こうかと一人がうながし、三人が門を出て数瞬あってから、政吉はのそりと身を動かした。

根太のような鼻。底光る糸のような目。くわえて凄腕。

（あれ、かね）

断定はしないが、当たりをつけた。で、つける気になっていた。

ただ、

――十間（約一八メートル）以上だ。それより近づかなきゃならねえようならやめときな。

とも三左には聞いている。手荒《てあら》に使われるが、三左はこうしてその分の心配りもしてくれる。命懸けの場面には率先して飛び出してもくれる。だから政吉も男気で応えて働くのだ。

つけるのは月明かりもある夜であれば、腕利き相手でも可能と踏んだからだ。油断はない。酒でも呑みに出るのなら近づき、辻斬りに変化するならさらに離れると決めていた。

つかず離れず、男らの後を追う。

三人は政吉に気付くことなくぶらぶらと切通坂を下り、やがて下谷広小路に出た。

どうやら遅い夕飯のようである。ちらほらと明かりが灯《とも》る店の中から迷わず一軒の飯屋を選び、入ってゆく。

しばらく待ってから、政吉は『手島屋《てじまや》』という飯屋の暖簾をくぐった。意外に混んでいる店内で、奥に座った三人組の背後の席しか空いていないのはもっけの幸いであった。

善良そうな親父に見繕ろいを頼み、聞くともなく背後の会話を聞く。

男らは寡黙《かもく》に呑み食いするだけで大した話は聞けなかったが、図抜けた男が道場の師範代にして田所《たどころ》主水《もんど》という名であり、どうやらこの手島屋を馴染みとしていることだけはわかった。

三人が出てからもしばらく一人で呑み、店じまいとなってから道場に向かう。どちらでもよかったのだが、門は開いたままであった。閉まることはないのかもしれないと踏み、ふたたび櫟の陰に潜む。これ以降の人の出入りはなかったが、案の定誰かが来て門を閉めることもなかった。

夜更けてから縁の下にも入ってみたがさしたる収穫はない。とりあえず大まかな部屋の配置だけを覚えて朝には山脇屋に戻った。

この日の山脇屋は特に人足らの出入りが多かった。

差配《さはい》にばたばたと働き、そうして寝ずにふたたび切通坂を訪れたのが、このくしゃみの夕刻であった。

政吉は切通坂下の物陰から、特に見張るというつもりもなく坂上を見ていた。

別段今日と限ったわけではないが、田所が来るなら来るで仕掛け、来ないなら来ないで持ち越しと決めた策があった。

とはいえ、半刻も動かずにいるとさすがに頭がぐらぐらとし始めた。

「いけねえ。寝ちまいそうだ」

頬をつねり太股《ふともも》を叩き、ここで寝ちゃあ、なんの根津の政吉と変な啖呵《たんか》を切る。だからたまに通りがかる人は避けて通るが、三日目ともなれば身を叱咤《しった》し、独り言でもいっていないと本当に気を失いそうだった。

「かぁ。来るなら早く来いや、畜生め」

一念、岩に少しは通じるか。

そうこうさらに地獄のような一刻が過ぎると、

「おっ」

坂上に昨日の三人が姿を現した。

また木像となり、下ってくる三人をやり過ごす。

いつもの手島屋へ入ってゆく三人を見つつ、政吉はにやりと笑った。

「へっへっ。細工は流々《りゅうりゅう》、仕上げをご覧《ろう》じろってな」

前夜、一人で呑みながら政吉は客がひととおり落ち着いた頃、店の親父に一本おごりながら頼んでおいたのだ。

──俺ぁ、こないだこの近くに越してきたんだ。親父さんは忙しくしてたから覚えちゃいねえだろうが、十日くれえ前にも来たっけが、あの、俺と背中合わせだった浪人さん達よお。

──ああ。戸田道場の。

──よく来るんかい。

──へえ。贔屓《ひいき》にしてもらってまさ。

──そうかい。そいつはいいや。

親父の目が用心深く動くが、こういう場面は政吉の独壇場だ。

──いや、ちょっとな。さっき根付けがどうのってえ言葉を耳にしちまってよ。まあ親父さん、呑みねえ。

──へえ。ありがとさんで。

──実はよ、その十日くれえ前にな、俺ぁここで根付け拾っちまったんだ。親子蛙で高そうだったんで、こう、出来心でな。

政吉は頭を掻きながら笑った。

──へっへっ。くすねたんかい。そいつはいけねえな。

つられて親父も笑う。こうなればしめたものだ。

――だろ。だからよ、まあ違う根付けかもしれねえが、今度持ってくっから、ためしにここに落ちてたってえことで、それとなくあの浪人さん達に出してみちゃあくれねえか。

――なんだい。そんなだったら、自分でやりゃあいいじゃねえか。

――馬鹿いうんじゃねえよ。あんな怖そうな浪人さんによ、下手なことして睨まれでもしたら、せっかくきたばっかりだってえのに、また引っ越さなきゃなんねえじゃねえか。

――そりゃまあ、そうかもなあ。

――そこへいくと親父さんは貫禄もあるし、なんたって馴染みの店の主だ。悪いようにはならねえだろう。

かすかにくすぐりを入れて、おや空じゃねえかと新たに呑ませてやるもう一本は政吉の手練れだ。

――いやいや。こりゃすまんねえ。

親父は縦に首を振るしかなかったろう。

それが前の晩の仕掛けである。

三人組が手島屋に入ってから、念のためしばらくの間を置いて政吉は暖簾をくぐった。

前回と同じ席に陣取った三人から、斜め手前が空いていた。まず奥の板場に顔を突っ込んで親父に、

「おう。また適当に見繕ってくんな」

といいながら懐から取り出した根付けと心付けを手渡し、それとなくだぜえ、頼むぜえと小声で念押しして席に戻る。

素知らぬ顔で四半刻あまりを呑み食いに費やせば、三人組に立ち上がろう気配があった。

勘定という声に親父が奥から顔を出し、

「そういえば田所様。この前、うちの店に落ちてやしたが、これはこちらのどなたかのじゃあありやせんか」

「おう。これは師範代の」

別の一人がそう答えて手を出そうとするのを、田所が無言で押さえた。

「いつだな」

威圧感のある声である。底光りの目にも、常以上の光が灯っているように見えた。

「へ、へえ。はっきりとはしやせんが、と、十日は前になりやすか」

圧《お》されて言い淀《よど》む親父をしばらく見つめていたが、やがて田所は眼光をふっと消し

た。

「そうだな。その頃だ」

口調も少し柔らいだようだ。

「別の場所だと思っていたが、ここだったたか。勘違いでよかった」

田所は根付けを受け取ると、大事そうに袖内にしまった。

政吉はごくりと唾を呑んだ。

これで、少なくとも田所主水が辻斬りの一人と決まった。

そのときである。

帰ろうとした田所と政吉は目が合ってしまった。こういうときはそれとなくが鉄則であるが、寝ていない政吉はうかと田所をずっと見てしまった。

田所が真っ直ぐ政吉の卓によってくる。

(いけねえ。南無三《なむさん》)

心中で唱えるが、田所は政吉の前で立ち止まった。

「おぬし」

万事休すか。政吉の背を冷たい汗が流れ落ちる。

しかし――。

「変わった風貌をしておるな。なんじゃその真っ赤な目は」

「へ？　へえ。な、なんとも、三日も寝てねえもんで」

「ほう、三日とはまた。仕事でか」

「へ、へえ」

「ふむ。このご時世にそこまで忙しいとは大したものだ。よほど頭が切れるか、腕がいいのだな」

細い目をさらに細めて、しかし、それだけであった。

それにしても身体《からだ》のほうが大事だぞと告げる田所を先頭に、三人は店を出て行った。

見送って政吉は、辺りはばからず卓に突っ伏した。どっと疲れが出た感じだ。

「へっへっ。上手く返せた。見てたかい」

顔を上げれば、得意満面な親父が徳利《とっくり》を手に立っていた。

「これを機に、贔屓にしてくれな」

ことりと徳利を置いてゆく。心ばかりのつもりだろう。

取り上げてそのまま口を付ける。肝を縮ませた直後だ。酒は五臓六腑に染み渡って随所を緩めた。

ほうと息をつき、政吉は大きく首を回した。

「ってえことはよ」

田所が辻斬りとは決まった。まずはこの足で八丁堀の大塚右門のもとへ報告にゆかねばなるまい。すぐ起き出して話を聞いてくれるなら、浅草に戻って少しは寝られるか。

「無理だろうな」

下手をすればその足で三左さんにも話してこいとか、あるいは、戻って本格的に戸田道場の探索を始めろとかいわれかねない。

「まったく、辻斬りにさえ労《ねぎら》われたってえのによ」

辻斬りがどうかしたかいと奥から親父が顔を出す。

慌てて政吉は口をつぐんだ。

このままいたら、独り言に洗いざらいを聞かれてしまいそうだった。

「また来るぜ」

勘定を置いて政吉は夜の下谷広小路に出た。

人目がなくなると、気張っていた分、にわかに力が抜ける。

酔っ払いと大して変わらぬふらふらとした足取りで、政吉は月下を八丁堀へと向かった。


道場に戻った田所主水は外廊下の間柱に背を預け、十二日ぶりにその手に戻った親子蛙の根付けを月明かりにかざした。てっきりあの、内藤三左衛門とかいう旗本と斬り合った際に落としたと思いあきらめかけていた物である。

父祖代々の品ではあったが扱いは常にぞんざいであった。失って初めて未練を思った。根付けそのものの価値にというより、流れ流れる前の侍であった頃に対する未練である。

自身を笑っては見たが、手元に戻ってみればやはりしっくりとくる。

(なにを馬鹿な)

そもそも田所主水は北国の、名の響きも江戸には届かぬほど小さな藩のお国侍であった。戸田源斉は斜向《はす》かいの長屋に住む、使番《つかいばん》の家の子であった。身分こそ戸田源斉の方が低かったが、口八丁手八丁に器用な源斉と田所は馬があった。主水は寡黙な子であった。

田所家は三人いる御手直《おてなお》し番、いわゆる剣術指南役の一人に任じられていた。御手直し番は田所家父祖代々の職であった。であるから主水は、幼き頃より父には徹底的に仕込まれた。父はすなわち鬼であった。剣のというより、家禄を守らんとする鬼である。

天稟《てんぴん》にも恵まれ、主水は十代のうちに父を超えた。超えてみれば父は、代々の職だからこそ御手直し番に任じられてはばからなかったが、実際には大した腕ではなかった。

息子の成長に満足したかどうかは知らぬが、それから二年を経ずに父は病を得て死に、主水は御手直し番を継いだ。顔を合わせてみれば残る二人の御手直し番は、父よりもさらに足りぬ腕の者達であった。ただへらへらと笑い、舌だけはよく回る者達である。主水には、この頃弁舌を以《もっ》て城中に出世の階段を上り始めていた戸田源斉と同じような手合いだとしか思えなかった。

若さからか席次は三番手であったが、別に主水はそれでよかった。実力筆頭は誰もが認めるところであったからだ。

それがある日、度重なる飢饉《ききん》によって藩の財政が逼迫《ひっぱく》し、御手直し番が二人に減らされることとなった。問答無用に白羽《しらは》の矢が立ったのは主水であった。

武を以て任じるはずの御手直し番にさえ武は要《い》らず、阿諛追従《あゆついしょう》の術《すべ》があればいい時代だと主水はこのとき初めて知った。

呼び出され国家老から下知《げじ》されたのは、家格そのままにして家禄半減の厩番《うまやばん》であった。

帰り道、大手門外で待ち構えていた残る御手直し番二人の勝ち誇ったような顔は今でも目に浮かぶ。だから——。

そのとき、主水は背後に雑な衣擦《きぬず》れを聞いて我に返った。足音でわかる。源斉のものだった。

「おい、田所。お奉行方との次の宴《うたげ》、五日後じゃ。十四日と決まったぞ」

「ふん。今度はずいぶんと間がないな。さすがに大それたことを企《くわだ》てるだけのことはある。酒色には底なしに欲深い」

「仕方なかろう。大事を前にして、そろそろ支度も大詰めじゃからな。——ん？」

近寄ってきた源斉の視線が下方に落ちたようだった。見ているのは主水が手の内でもてあそぶ根付けだろう。

「久し振りに見た。主水、たしかそれは家代々とかいう。ふっふっ。懐かしいか。微禄に汲々《きゆうきゆう》とするあんな頃が」

源斉の揶揄《やゆ》を受け、主水は根付けを右の拳に握り込んだ。

「微禄ではあっても生きる目的はあった。浮き草の今よりは、な」

「馬鹿馬鹿しい。今になって里心か。いや、大事を前に怖じ気づいたのではないのか」

「ふっ。それこそ馬鹿馬鹿しい、下衆《げす》の勘繰《かんぐ》りだ」

「下衆だと。おい田所」

源斉の声がいくぶん尖《とが》る。

「忘れたのではあるまいな。今なお生きて呑み食いし、剣術道場の師範代でございと胸を張っておられるのはいったい誰のお陰であったかな」

「忘れてはおらん」

主水は左手に刀を取り、素足のままゆらりと庭に降り立った。

「浪々を救われた恩は返す。下らぬ世にせめて唾吐くことも面白いと従ってきた。だが、このままおぬしに使われて終わるつもりもない。いずれは勝手にさせてもらう」

「はっ。武骨を絵に描いたようなおのれになにができる。と、いいたいところだが、まあ好きにすればよい。事が済めば、儂こそこんな寂《さび》れ道場など続けるものか。立身出世は思いのまま。なんなら田所、おのれにこの道場をくれてやろうか。もっとも、潰すのが落ちだろうがな」

「ふん。たかが北国の小藩であってさえ、口先だけの嘘を見抜かれわずかな不正を見破られ、夜陰にまぎれて脱藩するしかなかったおぬしが江戸で出世とは片腹痛い」

「よういうわ。膝を屈することを知らず、人斬りに落ちて逐電したおのれが」

そう、斬ったのだ。彼《か》の日、大手門前でおのれを嘲笑《あざわら》った御手直し番二人を主水は無造作に斬り捨てた。そうしてそのまま藩を抜けたのである。戻ることはただの一度としてなかった。

何年を流れたかはどうでもよく、もはや覚えてすらいない。ただ食うや食わずに流れ着いた江戸でばったり戸田源斉と出会《でくわ》した。おのれより少し前に脱藩したはずの源斉はこのときすでに、ぼろ雑巾《ぞうきん》のような主水とは違って小ぎれいな格好をしていた。

「なんにしても主水。五日後じゃ。忘れるな。それと、大事の前の小事ではあるが、あの内藤三左衛門とかいう貧乏旗本な。凄腕には違いないで懐柔してみようかと思うが、箸にも棒にもかからんときはわかっておろう。おぬしに任せるが、よもや後れを取ることなどなかろうな」

「——さて、な」

主水は曖昧に答えて前に出た。

内藤三左衛門。この名を聞くたびに身の内が熱くなった。

橋上で対したときの斬撃の鋭さ、その真っ直ぐな瞳からほとばしり出る剣気の眩《まばゆ》さ。三左は主水をして、過去に覚えがないほどの腕利きであった。さすがは江戸と内心で唸ったほどだ。であるから、曖昧な答えは余裕でも謙遜でもなかった。持て得る限りを尽くして五分と五分。死生を分けるのはおそらく時の運次第になるだろうとわかっていた。

五日後じゃとくどいほどの念押しをして戸田源斉が離れていったが、どうでもよかった。

いつしか、主水の身体が震えを帯びていた。寒さではない。武者震いだ。

へらへらとして惰弱《だじゃく》に流れる腐った侍達に一矢《いっし》報い、剛の者と剣戟《けんげき》に火花を散らして命を削り合うなど見果てぬ夢だと思ってきた。

北国では味わったことのない武者震いとは、浮き草にかろうじて残された生きる意味か。

「ふん」

主水は握ったままの根付けを放り、抜く手も見せず月明かりに銀の糸を引く一閃を鞘走らせた。

音もなく地に落ちた根付けが、親と子に別れて哀れであった。

第四章　賭場荒らし

一

政吉の調べを受け、大塚右門がほかの手先も一斉に動かし始めたと三左が知ったのは、翌夕のことである。

伝えに来たのは政吉である。山脇屋での仕事を終えた後であった。

呼ばれて門の外に出た三左は思わずのけぞった。

政吉の目が兎《うさぎ》のように赤いというか、腐った魚のようになっていた。

三左を見るなり、政吉は発条《ぜんまい》仕掛けの人形のように淡々と詳細を語った。

途中で一度だけ三左は口を挟んだ。

するとしばしの間があって、政吉はもう一度同じ話を初めから繰り返した。

三左はただ、うんうんと聞くしかなかった。

今の政吉を途中で止めても、発条を巻き直すだけだった。

「正式に、大塚の旦那の掛かりとなったようで。ほかに五人ほどが動いてましてね、今夜はいいといわれやした」

政吉がほうと息をついた。全体に、それで発条も伸びきったように見えた。

「これで、やっと寝られやす」

聞きたいことはあったが、今はやめた。政吉はぐらぐらと揺れ、今にもその場で寝始めそうであった。

「あれから、かい」

「……あれからってな、なんです」

「こないだの辻斬り、いや、うちの賭場の日から寝てねえ、と」

「へえ……そうなりやすねえ」

「なら、四日だな」

「……四日ってな、なんです」

「お前が寝てねえ日数だよ」

「四日。……ほほう。もう、そんなになりやすかい」

「布団が恋しいな」

「……えっ。旦那、なにかいいやしたかい」

「いや、それだけ寝てなきゃ布団が、って。……まっ。どうでもいいか。おう、ご苦労さん」

どうにも政吉が壊れ始めていた。

夕闇に溶けてゆく政吉を、腕を組んで三左はしばし見送った。

「右門の奴、政吉を殺す気か」

探索から外したのは情ではなく、おそらく惚《ぼ》け惚けで使い物にならなくなってきたからだろう。が、こういう童《わっぱ》にもできそうなお遣いには、まだ使えると踏んだに違いない。

さすがに南町の切れ者というか、有情と非情の線引きがよくわからぬ男である。それで三左もずいぶん痛い目にあってきた。

「ん?」

広がり始めた薄闇の向こうで、政吉がその場から動かなくなったように見えた。

しばらく三左は注視したが、やはりそれ以上、政吉の姿は遠くも近くもならなかった。

「かあ。夜目が利くのも考えもんだな」

三左はおもむろに振り返ると、屋敷内に出かけてくると声をかけた。

——ご随意に。ちなみに今からですと夕餉はございません。

慇懃無礼ないつもの嘉平の声が返った。悲しいほどの即答である。

「まっ。だろうな」

溜息とともに屋敷を離れ、政吉に近づく。これで夕飯は自分で調達しなければならなくなったが仕方がない。政吉は四日も寝ずに働いてくれたのだ。

「やっぱり、な」

覗き込めば、目を開けたままの政吉から軽い鼾《いびき》が聞こえた。

生き人形の発条はここが限界だったようである。

政吉は器用にも、立ったまま爆睡していた。

二

それから五日後の昼下がり、三左の屋敷に別の小者が現れた。

三左が担いで根津まで運んだ政吉は、無事に復帰を果たしたのだろう。元気になれば政吉ほど重宝する男はいない。探索に戻ったに違いない。

――暮れ六つ半（午後七時）頃、みよしにて。

右門の伝言を携えてきたのが別の小者であることがその証《あかし》だ。

三左は暮れ六つ少し前にみよしを訪れた。

三左が呼べば三左の払いだが、右門に呼ばれれば右門の払いとは暗黙の了解にして女将のおつたも知っている。すんなりと二階の座敷に通された。

この夜は、あいにくの雨模様であった。

船宿であるみよしは、雨が降ると当然お客が少なくなる。おつたは三左の座敷に入って動かなかった。

暮れ六つ半頃の約であったが、この日は夜五つの鐘が鳴っても右門は姿を現さなかった。

暇に飽かせて酒の二本目から相手をさせたおつたがやがてほろ酔いとなり、寄り添うようにして三左に酌をした。

「どうです。今度こそちゃんとした実入りはありそうなんですか」

三左は口中の酒を思わず噴いた。

「今度こそってなぁなんだ。こんどこそってなぁ」

おつたはほうと熟れた息を吐いた。

「結局、いつも損な役回りばかりってことですよ。この間の姉弟のことだってそう。まあ、そこが三左さんのいいところではあるけれど」

しなを作って三左を見上げるおつたの目が、心なしか潤んでいた。

「あんまり危ない橋は、いやですよ」

仏頂面《ぶっちょうづら》で、三左はおつたに杯を突き出した。

甲斐甲斐しくおつたが両手を添えて酌をする。

実にいい雰囲気であった。行灯《あんどん》の灯《あか》りが艶っぽく揺れる。

三左とて木像ではない。おつたの、幼馴染み以上に向ける慕情は重々感じていたし、自身もはっきりいえばおつたに惚れている。

が、そこは素知らぬふりをして手を出したことは一度もない。

弟が一人前になって帰るまで店を守ろうとする健気《けなげ》な船宿の女主と、格式だけはある金欠旗本ではどう考えても分が悪すぎる。それが三左なりの矜持《きょうじ》だ。

そもそもみよしにはつけがあり、自慢ではないが減ったことはあってもなくなったことはない。普段は厳しいが本当に困ったときは、仕方ありませんねえと飯くらいならつけの大小にかかわらずおつたは食わせてくれるが、それに甘え、なおかつ関係を持ってしまえば、世間の目はただの情夫として三左を見るだろう。次郎右衛門や嘉平の辛辣《しんらつ》な小言も間違いなく待っている。

なんといってもあの二人は、三左のことは外孫の鬼っ子以下に捨て置きだが、おつたのことは唯一の内孫のように丁寧にあつかう。

「いやあ、凄い雨だ」

と、大塚右門が座敷に入ってきたのはそのときであった。

「おっと、お邪魔でしたか？　どうぞそのまま。私は一向に気にしませんから」

座敷内の雰囲気を感じても平然として、取り出した手拭いで顔や濡れた羽織をふきながら足を止めない。

ゆっくりと三左の脇から身を離し、おつたは右門を睨んだ。

「いやな大塚さん。口振りといい仕草といい、だんだんお父上に似ていらっしゃいましたね。そんなんじゃありませんから」

口をとがらせはするが、おつたはその場を動こうとはしなかった。

なんといってもこの日のみよしは暇だ。くわえておつたはほろ酔いである。三左と一緒に右門の話を聞く気のようだった。

「なあ、女将。聞くのはいいが今日の払いは私だよ。銚子の一本や二本は出してくれても罰《ばち》は当たらないと思うが」

「えっ。あら、ご免なさい」

口に手を当て、悪びれることなくおつたが階下に去る。

「すいませんね。政吉の仕事終わりを待って一緒に来ようと思ったんですが、なかなか来ないもので先に来ました」

「おう。それ、駆けつけ」

三左はしずくを切って、自分の杯を右門に回した。

頂きますと受け、三杯を呑んで息をつく。

その間に、おつたが四本の銚子となめろうの小鉢を盆に載せて上がってきた。

右門の前とその隣に、政吉さんの分もといって酒と肴をそろえる。

それで去るかと思いきや、そのまま三左の脇に座って盆を置き、根っこが生えたように動かない。やはり話を聞く気満々のようである。

「まあ、女将に聞かれて困るものでもないですし」

気にすることなく、手酌でやりながら右門は話を始めた。

「戸田道場ですがね」

近所に聞けば、特に昼間はなんの傍若無人な振る舞いをすることもないが、とにかく見るからに目つきの悪い胡乱な男達が入れ替わり立ち替わりに、都合四、五十人ほども出入りしているという。

昔はそんなことはなかったらしい。ここ半年ばかり前からのようだ。

「ふん。なにを狙ってやがるんだか」

三左はいい捨てて酒をあおった。

「そこはまだ、これからです。で、政吉を待ってたんですが」

どたどたと階段に音がする。

「噂をすればばってやつですね」

右門の言葉どおり、

「遅れてすいやせん」

と叫ぶようにいいながら政吉が入ってきた。

「な、なんだ。お前」

座ったままの三左が思わず見上げて呆れ声を出し、おつたがきゃっと短い悲鳴を上げた。

――政吉さん。冗談じゃありませんよぅ。

遅れてみよしの仲居頭が手拭いの束を抱えて駆け上がってくる。

仲居頭の文句同様、おつたの悲鳴は、政吉が濡れ鼠《ねずみ》のまま二階に上がってきたからだろう。

対して三左の呆れ声は政吉の目がまた、兎のように赤いというか、腐った魚のようになっていたからである。

「……また、寝てねえのかい」

「へえ。根津までお運び頂きやした、次の日から。その節はありがとうございやした」

「かあ。一晩寝てまた三日かよ」

三左は声もなく右門を見た。

南町奉行所の切れ者は、一人平然と酒を呑んでいた。

仲居頭に別室に引きずられ、三左らの座敷にも聞こえる小言の雨を降らせられた政吉は、やがてこざっぱりとした浴衣《ゆかた》姿で現れた。

「どうにも。へへっ」

首をすくめて小さくなる。おつたはきつい目を当てたが、右門は気にかけることなく政吉に話を促した。三左もとりあえず異を唱えない。いつ政吉の頭がぐらぐらし始めるかわからないのだ。聞くべき話があるなら早い方がいい。

「あっと。それですがね」

政吉は俄然《がぜん》、身を乗り出した。

政吉の新たな調べによれば前夜、道場主の戸田源斉が田所主水以下数人を連れ、とある料亭で二人の侍と会っていたらしい。宗十郎《そうじゅうろう》頭巾を被り、面体《めんてい》までは判然としなかったが、明らかに身分卑《いや》しからぬ二人であったという。

「駕籠《かご》も使ってやしたしね。それで、勝手口から出てきた仲居にそれとなく聞いたんですが」

聞き込みでは月に二、三度、同じような顔ぶれが集まるらしい。仲居では侍達の身分まではわからなかったようだ。かろうじてわかったのは、侍らと同席するのは源斉と主水だけで、残りの衆は別座敷で勝手に呑み食いするということだけだった。

「酒宴は一刻（二時間）も続きましたかね。お開きになって駕籠をつけようとしたんですが」

帰り駕籠には別座敷に上がった戸田道場の面々が張り付き、辻々に一人ずつ残って背後に目を光らせていたという。それが役目の者達に違いない。

「なもんですいやせん。そっからは追えやせんでした。その代わり、大塚の旦那んとこのほかの御用聞きを片っ端から訪ねましてね。次んときゃあ、方角から見当つけといてこっちが先んじようかと」

「……それでまさか、朝かい」

「へえ。なかなか起き出してこねえ奴が多くて」

政吉は申し訳なさそうに頭を下げたが、普通なら寝ない奴のほうが少ない。そう思ってみれば、下げながら政吉の頭が少し揺れているように見えるのは気のせいか。

「なに、上出来だよ。無理ばっかさせて悪いな」

三左は空の杯をもてあそびながらいった。

「ま、なんにしてもそいつらがきな臭いというか、金になるかどうかの肝だな。政吉、行ったのはどこの料亭だ。俺らで繰り出し、上手いこと隣の座敷に入れりゃあ」

「そいつが、その、三左の旦那なら、上がっちまえば隣の座敷に入るのはわけねえと思いやすが」

三左の言を遮《さえぎ》りつつも、政吉はいやにいいづらそうにした。

「なんだ」

「へえ。それが」

「もったいつけるな。早くいえ」

そうしねえとお前が寝ちまうだろうが、とは、政吉の頑張りをかんがみて三左は口にしなかったが、

「政吉。早くいえ。寝る前にいえ」

右門はとにかく無情である。

三左も右門も、おつたも政吉の次のひと言を待って身を乗り出した。

「へえ。そのう、『百川《ももかわ》』なんで」

身を乗り出したまま、三左も右門も固まった。

一人おつただけが身を退いた。

「あら、万次郎のところね。ふぅん。ご愁傷様」

おつたは興味を失ったように、盆を抱えて座を立った。

万次郎はおつたの弟である。その万次郎が料理修業のため奉公に出ているのが、日本橋浮世小路《うきよこうじ》の百川であった。

ちなみに、万次郎を百川に紹介したのは次郎右衛門である。若い頃に今の百川の主と親交があったという。とにかく次郎右衛門は顔の広い爺さんである。

政吉が三左の旦那ならといったのはそんな関係を知るからだ。

それにしても――。

百川は卓袱《しっぽく》料理の店としてこの前年、三都の名物を記した『富貴地座位《ふうきじざい》』にも江戸の名店二十軒として名を連ねる名店中の名店であった。それだけに、お代《だい》が目の飛び出すほど高いとは誰もが知るところである。

たとえば松竹梅の、一階で軽く呑み食いをする梅でもなんと百疋《ぴき》、つまり千文およそ一分金（四分の一両）が飛んでゆくという。二階座敷になると三倍から四倍に跳ね上がると聞く。本当かどうかここにいる連中は誰も知らない。行ったことなどないからだ。

二人で上がるとして、二両では絶対無理だろう。三両でも心許ない。四両でも足りないかもしれない。そこから先は、考えても仕方がない。

当然、三左にも右門にもそんな金があるわけもない。蔵米百俵の貧乏旗本と、三十俵二人扶持《ぶち》の八丁堀同心である。

特に、右門にとっては役目柄だが、三左にとっては稼ぎを得るためである。よしんば金があったとしても、金のために金を使うのでは本末転倒である。そもそも金があるなら、好きこのんで胡乱事に首など突っ込まない。

「料亭の線は、行き詰まったかな」

肩を落とし杯をあおる。

右門からの、あってしかるべき答えがなかった。

訝《いぶか》しげに目を動かせば、視線の先で右門が腕を組んでいた。なにかを考えている風情である。

「どうかしたかい」

三左の問いに、右門はぽんと膝を打った。

「仕方ない。三左さんの稼ぎがどうのというのは措いておくとしても、そこがこの一件の肝になりそうなのはたしかです。今回は私がなんとかしましょうか」

「おっ。ありがてえ」

三左も手を叩く。決まった俸禄だけの三左よりは、軽輩でも町衆や大名家、大身の旗本連中からもなんやかやと付け届けがある町方同心のほうが金回りはいいだろう。

それにしても、

「はて」

そこまでいいのかと、勢いで手を叩いてしまったあとで三左は首を傾《かし》げた。

「おい、右門。親父さんが生前に貯《た》め込んだ金でもあるってのか」

「あるわけないでしょう。そんな人ではありませんでした」

「そうだよなあ」

右門の父重兵衛は、思い出すだに厳格が巻羽織を着て歩いているような男だった。

「だったらどうするつもりだ」

「考えがあります」

右門は不敵な笑みを見せた。

「ならまかせた」

人使いは荒いが右門は切れ者にして、いったことは大筋で守る男である。

「政吉。お前の苦労が水の泡にならなくてよか――」

やけに静かだと思って話を振ってみれば、銚子を取り上げようとした姿勢のまま、政吉は早くも爆睡していた。

三

「ええ。三左の旦那。ちょっとお聞きしやすがね」

二日後、十七日の晩である。内藤屋敷恒例の賭場開帳の晩だ。

胴元の座から擦り寄ってきて、伝蔵が怒りを隠した猫撫で声で三左に聞いた。

その向こうにいる次郎右衛門も渋い顔で腕を組み、控える嘉平すらがかしこまってなかなか顔を上げない。

「いったいぜんたい、なんで大塚の旦那がこんなところにいらっしゃるんですかい」

伝蔵の視線に釣られて三左の視線も盆茣蓙に動く。

澄まし顔の大塚右門の姿が、盆茣蓙の向こう、壺振りの真正面にあった。

気にしないでください、初めてなのでよろしくと周りの客にいうわりには、いかにも八丁堀同心でございといいたげな巻羽織姿のままである。

みなが恐々として縮こまっている。壺振りや中盆は無論のこと、客である旗本や御家人衆も顔が硬い。

それはそうだろう。支配違いとはいえ、役人である。気が変わりでもして徒目付《かちめつけ》や小人目付《こびとめつけ》に注進されたら、なけなしの俸禄が召し上げになる事態だ。

「知るか。俺に聞くな。かまうことはねえ。遊ばせてもらうって本人がいってんだからいいじゃねえか。取るなら取っちまえ。取って少し俺に回せ」

「馬鹿も休み休みいって下さいよ。八丁堀の、しかも大塚の旦那から取るわけになんざいくわけねえでしょうに」

少し声がでかくなる。

「ん。伝蔵、どうかしたか」

身を傾けて盆茣蓙の向こうから右門が問う。

「い、いいえ。なんでもございやせん」

不気味なほど満面の笑みで手を振ると、伝蔵はいきなり腕捲りをし始めた。

「仕方ねえ。こうなったら無理にでも勝たせて、早々にお引き取り願うとしやしょう」

伝蔵は堅太りの大きな身体を壺振りの隣に進めた。

「さあ、皆の衆。あっしの差配で続けさせてもらいやすよ」

胴元差配など普通ならない。賭場全体がざわついた。

かまうことなく、伝蔵は壺振りの脇を小突いて動かした。

「へ、入《へえ》りやす」

壺振りの手が落ちて一同の視線が盆茣蓙に集まる。

「さあ、張った張った」

伝蔵の声だけが道場に響いた。

「半」

軽い声で、まず駒札を押し出したのは右門である。

本当に八丁堀が博打を打つのだという安心感がなんとなく広がり、丁と半と客らの声が続いた。

「丁半、駒そろいやした」

返る壺から出てきた目は、三左の位置からでもはっきり見えた。

朱に塗られた目も艶やかな、一々《ぴんぞろ》の丁である。

しかし――。

「いやあ、これはめでてえ。めでためでたの半ときた」

誰かが落胆や喜色を表す前に、伝蔵が大声でいいきった。

やけに空疎な雰囲気が漂った。三左は飲みかけの茶を思わず噴き出しそうになった。

「はて。伝蔵、これは丁ではないのか」

右門が首を傾げる。

「なにをおっしゃいやす。いいですかい。朱はめでてえ色だ。それがそろうってなあ夫婦の契《ちぎ》りってことで、切っても切れねえ半の目に変わりやす」

「ふむ。そういうものか」

「そういうものでして。それ」

中盆らを促し、丁方から掻き取った駒札を半方に押し出す。

丁に張った者達は腰を浮かして自分の駒の行方を追おうとするが、伝蔵の睨みにみな押し黙った。

（なんだこりゃ）

だが面白い。三左はにやつきながら流れを見守った。

——もう一度、半。

——おお。朱に朱の夫婦目が出た次に、朱のひとつ目は婚礼のご祝儀ってことでまた半なんで。

——今度は、丁。

——いやあ、お強い。この六つに三の目はお侍と刀に見えやすすでしょう。で、すっぱりと斬れる丁目に早変わりで。

——半。

——大塚の旦那、本当に初めてですかい。また当たった。

——ん。しかし、これはさっきと同じ六と三の目だぞ。

——いいや、よく見ておくんなさい。刀の三の向きが違う。

伝蔵の苦衷《くちゅう》は汗が浮き出した着物の背を見ればわかるが、しだいに博打ではなく、卜占《ぼくせん》の様相を呈してくる。

そうなると居並ぶ客らも馬鹿ではない。右門の賭け目が勝ち目なのだ。

「かぶりやす」

壺振りが賽子《さいころ》を振っても、誰も盆茣蓙のほうなど見向きもしなかった。みなの目は巻羽織の同心に集まった。

「丁」

右門が丁に駒札を出せば、盆茣蓙周りの客らは声をそろえるように丁、と唱えた。

「はあ?」

頓狂《とんきょう》な声を出したのは伝蔵だ。

「半方ぁねえのかい。半方は」

あるわけがない。客らはざわめき、

――儂の方が早かった。おぬしは半方に廻られよ。

――なにを。それがしの方が早かったではないか。それより、そちらの御仁《ごじん》はだいぶ遅かったのではないか。

――口はそうだろうが、盆茣蓙に駒札を置いたのは当方が先である。

などと勝手に争いを始めた。

こうなってはもう、収拾がつかない。右門がいる以上駒札もそろわず、博打自体も成り立たない。

「大塚の旦那。ご覧のとおりで」

伝蔵は盆茣蓙に突っ伏した。

「今日はもう、手仕舞いでございやす。こんなところで、もう勘弁しておくんなさい」

右門は涼しい顔でそうかと告げ、ならば換えてもらおうかと、持ちきれぬ駒札を手に盆茣蓙の前を揚々《ようよう》として離れた。

伝蔵らが疲れ果てて後かたづけをしている間に、三左は右門を屋敷の外に送った。

「本当に、しらねえのかい」

聞けば右門の答えは、丁半博打くらい今時誰だって知っているでしょうというものであった。

「子供だってわかりますよ。和算たって、ほとんど両手で足りる数じゃないですか」

右門は笑った。

「伝蔵は羽振りがいいですからね。出せといえば出すでしょうが、こっちから十手を預けた男に堂々と施しを受けるわけにもいかないでしょう。まあ少しばかりは、なにごともほどほどにしておけよとね、そんなお灸《きゅう》を据える意味もありましたが」

右門の手のひらの上で踊らされたようなものである。三左には少々、伝蔵が哀れに思えた。

ただ、全てが右門の思い描いたとおりかといえばそうでもない。

——えっ。これだけ。

賭場で駒札を金に換えた右門は、手にした金子《きんす》を見て絶句した。

所場代を取って場所を貸しているだけだが、右門の顔を見て三左は少しばかり尻の座りが悪かった。情けなさにとらわれたといってもいい。

「田舎《いなか》博打でも、十両にはなる札の量だと思ってましたが」

それがどうして三両二分と、右門の文句を三左は聞き流す。

なんといっても貧乏旗本や御家人ばかりが集まる内藤家の賭場はしょぼいのだ。持ちきれぬ駒札といっても、高が知れている。

それにしても、三両二分では二人の呑み食いには心許ない。

「これじゃあ一人分、ですかね」

「よし。なら俺が」

「なにをいってるんです」

「いいじゃねえか。俺の方が百川に関わりがあって融通が利く、らしいしよ」

「それは当然、整えといてもらいますよ」

「なんだよ。俺はただ働きで、お前だけ美味いもんにありつくのか」

右門はきつい目を三左に当て、内藤家の屋敷に当てた。

「ここの賭場が、もう少し繁盛していたらよかったんですがねえ」

別に三左のせいではないが、それをいわれるとなにも返せない。おとなしく引き下がるしかない。

「といって、一人で百川に上がるのも変、か。——なら、勝ったからおごるとでもいって伝蔵を連れて行きましょうかね。足りなかったら、奴の分は奴に払わせればいい」

鬼の思考ではあるが、かくて右門の百川行きが決まった。

「明日の晩かもしれないし明後日《あさって》の晩かもしれない。いつにても動けるようにと伝蔵に伝えておいて下さい」

そういって右門は、月が落とす影の中を帰っていった。

その後三左は、いつも以上にのろのろと出てきて、いつも以上にぶちぶちとうるさい伝蔵の供をして浅草に送った。

この日、辻斬りが姿を見せることはなかった。

四

翌朝、三左がいつもどおり朝寝を貪《むさぼ》っていると、またいきなり次郎右衛門に枕を蹴飛ばされた。

「ってえ」

頭を抱えて起き上がれば、外がだいぶ明るかった。

「いつまで寝ている気じゃ。もうすぐ五つ半（午前九時頃）にもなろうぞ」

「放っといてくれ。――って、今日は高田馬場辺りに出かけるっていってなかったか」

「ふん。当てが外れたわ。大塚の倅のせいじゃ」

「……ああ」

たしかに、普通はどんなにしけた博打でも絶対に胴元が潤うが、昨日の博打は寺銭《てらせん》がどうのいえるものではなかった。どさくさまぎれに全部の駒札を右門に集めた感じだ。

「それで近場にしたから出かけるにはまだ早いが、そんなことより、なにやら胡散臭い男がおぬしのことを呼んどるぞ。先程《さきほど》来《らい》から外で待っとる」

「はあ？　なんだそりゃ」

寝惚け眼をこすっているだけで次郎右衛門が早くしろと急《せ》かす。

仕方なく寝床から離れ、着替えをすませて出てみれば、待ち人は戸田道場で見覚えのある浪人であった。

「おっ」

玄関先の三左に気づき、浪人は慌てて頭を下げた。

「なんだい。果たし状でも持ってきたかい」

いいながら近づければ、滅相《めっそう》もないと浪人は頭を振った。

「戸田先生がお呼びです。是非にもと」

「酒でも振る舞ってくれるのかい」

「さて、それがしには。ただ、そんなこともあろうかと」

「ふうん」

思案する振りだけはしながらも、三左の腹はすぐに決まった。

「承知した、と伝えてもらおう。昼までには顔を出す」

お伝えする、と頭を下げて浪人は踵《きびす》を返した。

暫時《ざんじ》見送り、三左は口辺に笑みを浮かべつつ無精《ぶしょう》髭《ひげ》が青々と浮く顎を撫でた。

「虎穴《こけつ》に入らずんば虎子《こじ》を得ずってな。面白くなってきやがった」

こちらが八丁堀まで巻き込んで探りを入れているとは、まさかまだ気付かれてはいまい。ならば誘いの意図は道場で暴れた三左一人に収斂《しゅうれん》し、さほど深いものではないに違いない。

ここは一番、乗ってみるのも手だろう。いざとなったらまた、ひと暴れすればすむ話だ。

それに備えて腹ごしらえでもと背を返せば、絽《ろ》の袖なし羽織に軽衫穿きの爺さん二人が玄関に立っていた。

「なにやらしらんが、小銭分くらいは働け働け。はっはっ」

まず次郎右衛門が三左の前を呵々大笑《かかたいしょう》して通る。

「本日も朝飼はございません。汁の残りくらいは鍋底に少々。それでは」

次いで嘉平が腰をかがめて行き過ぎる。戸田道場の男とは反対の方角だ。

「はいはい。お気をつけてと」

ぞんざいに送って屋敷に入る。

まず為すべきことは、鍋底の味噌汁漁《あさ》りだ。そればかりでも口にしておかねば、いざというとき力が出ない。

台所に入り、冷えた鍋を抱えながらふと考える。

「俺が虎穴で、右門が百川か」

口を衝《つ》き出る溜息は長かった。

鍋底の残りは、三口で終わった。

昼までにと約しながら勿体《もったい》をつけることなく、四つ半（午前十一時頃）過ぎに三左は戸田道場を訪れた。起きてから湯島まで、着替えて顔を洗って、汁を三口するしかすることがなかったのだから仕方ない。

戸田道場は前回もそうだったが、道場というわりにまったく剣戟の音が響かず、胡乱な男達が出入りするばかりである。

式台《しきだい》前で訪《おとな》いを告げれば、現れたのは先の男であった。

「これはお早い」

「悪いか」

「いえいえ。ではこちらに」

理由が情けない分、逆にふんぞり返って男の後に続く。

ひと暴れしてから、さまで日を過ごしていない。

感じる男どもの視線はみな剣呑《けんのん》な気を孕《はら》んでいたが、歯牙《しが》にもかけず奥へ進めば、通されたのは最奥の、渡り廊下でつながった離れともいうべき座敷であった。

離れには前回とは打って変わってにこやかな戸田源斉と、変わらず針の視線の田所主水が待っていた。

少し離れて座れば、すぐに朱塗りの膳を捧《ささ》げた男らが現れ、源斉と、控えて座す田所の前と、主客の座であろう場所に据えて去った。

源斉が手でそこに誘う。

三左は動いて膳を前にした。見れば料理は青菜のひたしや焼いた味噌程度で、腹の足しにはなりそうもなかったが、銚子が二本ついているのはありがたかった。

「まずは一献《いっこん》」

源斉の酌で、三左は杯を傾けた。

「改めてな。儂は戸田源斉、この道場の主だ。これは」

源斉は目で控える田所を示した。

「田所主水。儂とは同郷の、ともに育ったといってよい男でな。腕が立つ故《ゆえ》、この道場で師範代をさせておる」

田所が形ばかりの黙礼をした。だが紹介の一瞬だけ、田所の目が源斉に光を強くしたのを三左は見逃さなかった。

「俺は本所の直参、内藤三左衛門、とはもう知った話だな」

「無論、存じておる。直参も直参。恐ろしく由緒正しき直参であることも、にもかかわらず、捨て置きともとれる食禄であることも」

「別段、それを不満に思っているわけでも、抱え込んで生きているわけでもないが」

「もちろん、それも存じておる。無頼もおぬしほど飄々《ひょうひょう》とした無頼になればある面、羨《うらや》ましくもある」

源斉が手酌で酒を呑んだ。

そこから先は、腹の探り合いにも似た他愛のない話となった。ときおり源斉が話に挟《はさ》む生い立ちや処世などに聞くところはあったが、だからといって特段の収穫があるわけもない。

読み合いは銚子二本分が妥当な線とは、双方が同じく考えるところか。

「いや、わざわざ出向いてもらったのにはわけがあってな」

「だろうな。なにもないで、道場で暴れた男をわざわざ呼ぶなどあるまい」

「そう。そのとおり。物わかりがいいと助かる」

源斉は満足げに頷いた。

「先だって見させてもらったおぬしの腕。なかなかのものだった。ついては、だ」

いいつつ源斉は懐を探り、取り出したものを膳の向こうから三左の方に滑らせた。

外光にきらめくそれは、一両小判であった。

「近々、大事を控えておる。その折りに、是非ともおぬしの腕を借りたい。これはその、手付けと思ってもらいたい」

「ほう。大事とは」

「それはまだいえぬ。ただ、この閉塞《へいそく》漂う世の中に一陣の涼風を吹かす、とだけ覚えてもらいたい」

「一陣の涼風、か」

「悪いようにはせぬ。で、腕を貸してもらえるなら、事後に十両」

なに十両っ、と瞬時に開きかけた口を奥歯で嚙み締め、揉み手の形になりかけた手を、強く拳に握ってかろうじて耐える。

「ふん。子細もなく、しかもたったの十両ばかり。さて、どうしたものか」

源斉は世のため人のためとだけ繰り返した。

膝前の一両を取り上げ、三左は刀を右手にゆらりと立った。

「俺は高いぞ。ま、せめて話ができるようになったらまた呼んでもらおうか。この一両は、ここまでの足労賃にもらっておく」

にやりと笑って袖口に納める。

田所にいきなりの殺気が揺らめいたのはそのときであった。

「下郎っ」

右側、右手。どちらも刀を利き手に持ち替えるのは一緒である。

ただ、おのれの膳を飛び越えようとした分と蹴り飛ばした分の差だけ、三左の方が早かった。

飛び散る酒や料理や皿に一瞬だけ田所が怯《ひる》む。源斉などは大仰《おおぎょう》にのけぞった。

抜く手も見せず鞘走った三左の一刀は、抜刀することさえ許さず、片膝立ちの田所をその場に縫いつけた。

一寸動けば血が飛沫《しぶ》く。

三左の伸ばす切っ先は、田所の喉元で鈍く光って微動だにしなかった。

殺気ばかりを膨らませつつ動けぬ田所に、三左は冷ややかな笑みを見せた。明らかな嘲笑であった。

　事態を少し動かしてみるかと、三左は誘ってみる気になっていた。

「おい。根付け、戻ってよかったな」

　すぐにはなんのことかわからなかったのだろう。戸惑いに殺気を消し、だがやがて田所の顔には、徐々に驚愕といってよい表情が表れた。

（まずは、こんなものか）

　効果は十分のようだ。

　焼き味噌を顔にこびり付かせ、頭に青菜を乗せて無様な源斉にも同様な一瞥を投げれば、これ以上この場でしなければならぬことはなにもない。

　刀を引き、三左は裾をひるがえして離れをあとにした。

　源斉も田所も追っては来ず、帰りは案内もいなかった。

「さて、どう動くか」

　門前から一度振り返る。

　折りからの風を受け、櫟の梢《こずえ》がざわりと動いた。

五

二日後である。

「ええ。お早うさんでございやす」

朝五つ（午前八時）時分、右門の手先が本所の内藤屋敷に顔を出した。見知った顔ではあるが、もちろん政吉ではない。政吉は日中は動けないのだ。なんといっても本業は口入れ屋、山脇屋の手代である。

現れたのは初老の、右門の手先としては古参の一人であった。名前は忘れた。

「おう、どうした。なんかわかったかい」

麦飯に沢庵《たくあん》漬けを乗せた椀を手に玄関に出た三左は、炊き加減だけは絶妙な嘉平の飯を掻き込みながら爺さんに対した。

玄関先で食いながらとはいえ、これは相手を爺さんと侮《あなど》っても町人小者と低く見ているわけでもなかった。

今朝も、三左は少しばかり朝餉に遅れたのである。

かろうじて間に合ったから飯はあったが、こうでもしなければ食いかけでも片付けるべく、嘉平が虎視《こし》眈々《たんたん》と三左の飯椀を狙っていた。

「へえ。ゆうべ、掛かりの件に急に動きがあって、大塚の旦那と仏の親分が百川に上がったってえこって。あっしは、その明け番からっていわれてたんで、朝一番に役宅へ伺いやしたが」

「ほう。で、この時分か」

口をもごつかせながら三左はいった。食いながらをそもそも嫌味と取ったか、爺さんは首を縮めて頭を下げた。

「申し訳ねえ。近頃、とんと足腰が弱くなりやして。少しばかり遅れやした」

「いや。馬鹿っ早いくらいだ」

自宅から八丁堀を回って本所の三左の屋敷へ五つ時分なら、神田岩本町辺りと聞く自宅をいったい何刻に出たことやら。

次郎右衛門ら内藤家の二人だけでなく、爺さん連中の朝は本当に早いと、変なところに感心する。

「へっへっ。そういっていただけると。——あっ」

爺さんはぽんと手を打った。

「いけねえいけねえ。で、大塚の旦那から言伝《ことづて》がありやす」

何刻でもかまわないので八丁堀の拙宅《せったく》へお越し願いたい、と青息吐息で右門はいったという。

「ありゃあ多分に呑み過ぎですね。なんとも酒臭いったらありゃしねえ。まあたしかに、今日は非番っちゃあ非番のはずで、誰も文句はいえねえですが」

「……ふうん。呑み過ぎ、ね」

くわえた箸を上下に揺すって、三左は玄関先の空を見上げた。今日もいい天気になりそうだった。

たしかにお伝えしやしたよと念を押し、爺さんはひょこひょこと帰っていった。

三左は玄関先を動かなかった。といって、すでに三左の意識に爺さんはない。

空ゆく綿雲《わたぐも》が、見たこともない料理に見えた。

「……百川の食い物で呑み過ぎって、いったいどれだけ遊んだんだ。右門の野郎」

顔を落として、手元を見る。

大事そうに抱えているのは、炊き加減だけ絶妙でもたかが麦飯と、かじり掛けの沢庵漬けだけである。

そんな朝餉を守るために玄関先で食う自分が、三左はいやに切なかった。

三左が八丁堀の右門の役宅に顔を出したのは、それから一刻も経《た》たぬ、朝四つ（午前十時頃）前である。途中からは走った。もたもたする気はまったくなかった。

一つには戸田源斉以下にどんな動きがあったのかと気になったのはもちろんである

が、右門が二日酔いのうちにとのやっかみがなかったかといえば、ないどころか大ありであった。

「おう、右門。邪魔するぜえ」

三十俵二人扶持の役宅に玄関などない。門を入って案内も請わず、三左は力まかせに戸を引き開けて屋敷に上がり込んだ。

三左同様、右門は母と幼いときに死に別れて兄弟は初めからいない。父重兵衛が他界してから、少し耳の遠い通いの下男がいるだけでこの役宅に一人暮らしである。その主が二日酔いで青息吐息であれば、そもそも案内を請うたとて出迎える者もありはしない。

勝手知ったる屋敷をわざと、足音を大きく踏み鳴らして通れば、奥も表もないひと間で右門が、きっちりと着替えて書見台に向かっていた。

座敷内に酒臭さもない。もっとも、大風が吹けば砂がたまる八丁堀同心のあばら屋に、臭気など残りようもないか。

「ちっ」

「なにが、ちっ、ですか」

右門がなに食わぬ顔で振り返る。が、動きはやけに遅かった。

三左はにたりと笑った。もう収まってしまったかと思わず出た舌打ちだが、どうにか間に合ったようだ。

ためしに、開けっ放しの障子を音高く背で閉めてみる。

すると、表情はわずかに眉をひそめるだけでさほど変わらなかったが、幹を蹴ればしずくを落とす雨上がりの樹木のように、右門の額やらこめかみやらから汗が滴《したた》った。

「そんなことのために呼んだのではありません。子供みたいなことはひとまず、そのくらいで」

右門は汗をぬぐい、両手でこめかみを押さえた。口元に苦笑いが浮かんでいる。

「まあ、開けばすっ飛んでくるのは目に見えていましたけどね。できれば、それまでにすっきりしたかったんですが」

右門は、背に隠すようにしていた湯飲みを取って一口飲んだ。梅干し入りの白湯であった。

「ふん。百川でな、二日酔いするほど豪遊した報いだ」

三左は右門の正面にどかりと座った。

「仕方ないじゃないですか」

「なにが仕方ないんだ」

「私だって、百川なんていいとこ初めてなんですから」

しばしの静寂。すきま風のような空気が流れる。

「……美味かったか」

「そりゃあもう。なんたって——」

「待った！」

三左は手を挙げて制した。

「それ以上はいい。よけい腹が立つ」

ふたたびの空疎な静寂を、三左は咳払いで掻き回した。

「で、どうだったって」

「そう。それで呼んだんです」

右門は梅干しの湯を飲み干し、もう一度汗をぬぐって話し始めた。

前もって店主には、御用であることを次郎右衛門の名を以《もっ》ておおよそは伝えてあった。当夜はおつたの弟万次郎の手引きで、首尾よく伝蔵と二人、戸田源斉らの座敷の隣に潜り込めた。

まず源斉らが百川に入り、次いで右門と伝蔵、しばらくあって駕籠の侍達の順であった。

「戸田と田所だけのときには、三左さんの名も出てましたよ。なにかしたでしょう」

当然心当たりはあるが、さあてと空惚《そらとぼ》けて先を促す。

政吉の手配による辻々の先回りが上手く立ち回り、駕籠の武士らの正体がわかったらしい。

「驚きますよ」

右門は間を取り、梅干し湯を飲み干した。

「もったいつけるな」

「では」

侍らは、一人が普請《ふしん》奉行の井上河内守氏信《いのうえかわちのかみうじのぶ》、もう一人がその配下の普請下《した》奉行、綿《わた》貫庄兵衛《ぬきしょうべえ》であった。

「二人ともですね、先のご老中の子飼いであった者達です」

「──なるほど」

田沼主殿守意次の子飼いと聞けば、狙いの奈辺は朧《おぼろげ》気にも明らかだ。

普請奉行とその下奉行なら、華やかなりし田沼時代には、賄《まいない》とごり押しでずいぶんと羽振りがよかったことだろう。

「座敷では特に、あまり大した話は聞こえてきませんでした。収穫といえば戸田と田所の関係くらいですかね。が、河内守らがやって来て酒が入ってからは戸田が、なにやら四日後とだけはしきりにいっていました。念押しするようにね」

「ほう」

「ちなみに、昨今では現ご老中の指示で、勘定吟味役の配下が諸方の洗い出しに大わらわとか。埃《ほこり》の出る輩《やから》には戦々恐々とした日々でしょう。で、窮鼠《きゅうそ》はがぶりと猫を噛む、と」

「ま、そんなところだろうな」

ここまで来れば、朧気ではなくもう固い。

「辻斬りは腕試し、いや腕慣らしか」

「ええ。そんなところでしょう」

口にせずとも、暗黙の了解である。

相手方の狙いはもう動かしようがなく、現老中松平定信の暗殺であったろう。

三左も右門も、思い思いに天井を見上げた。ただ、視線の強さにはたいそうの違いがある。

三左は見上げながら止まらず、そのまま畳に大の字になった。

「たぁっ。おつたの言葉じゃないが、またまったく金になる話じゃなかったか」

鼻で笑う次郎右衛門と嘉平の顔も目に浮かぶ。

「なにが閉塞漂う世の中に、一陣の涼風を吹かすだ」

飛んでゆく十両も、目に浮かぶ。

「けど、三左さん。それにしても聞いてしまえば世の一大事。さしたる証拠もないいま奉行所全体を動かすのはまだ難しいので、万が一の折には手伝ってもらいますよ」

役目柄からして右門の言い分は当然、そういうことになるだろう。

三左に残るのはこういう乗り掛かった船や、しがらみばかりだ。

「……まあ、仕方あるまい。お前には貸しもたっぷりあるが、借りもある」

「そういってくれると思ってました。では、これを」

三左が起き上がるのを待って、右門は懐をごそごそとやり出した。

取り出したのは、懐紙にくるまれたなにかである。

渡されて開けば、二両あった。

「おっ」

「百川の代金は、気前よく伝蔵が払ってくれましたのでね。三両二分がまるまる残りました。山分けといきましょう。働いてもらう分、三左さんに色をつけます」

「ありがたいっ」

二両あればあれも食える、これも呑める。ついでに、みよしにも少々つけが払える。

「お前、いい奴だな」

俄然やる気が出る、三左であった。

六

迎え酒だ、俺が買ってきてやると、もちろん払いは右門と念押しして三左は走り、ついでに出前も呼んで機嫌良く八丁堀でしこたま呑んだ。その間に右門のもとに顔を出す御用聞きを何人も巻き込み、果てはどんちゃん騒ぎである。

つきあい程度に口を付けただけで、右門は布団を被《かぶ》って動かなくなった。

だからといってかまう三左ではない。勝手に呑み勝手に騒ぎ、そうして右門の役宅を出たのは黄昏時のころであった。

道行く人々がみな、霞《かすみ》がかかったようにぼけて見えた。

熱い息を吐けば、久し振りに酒の臭いが強かった。

呑んでも呑まれた経験はないから、雑踏にあっても他人に迷惑をかけることはなかったが、気を許せば身体は大いに左右に揺れた。なんといっても、呑み倒すほどに呑んだのは間違いない。

酔い覚ましも兼ねて多少遠回りをした三左が、屋敷に辿り着いたのは六つ半（午後七時頃）を過ぎた頃だった。

門を入りかけ、ふと三左は足を止めた。何人かの人の気配を感じたからだ。殺気があるわけではないが、どうにも胡乱な気配であった。

それとなく辺りを探れば、月明かりに三人の人影が薄く見えた。そうとわかっても隠れる気はないようである。

要するに戸田道場からの監視だろう。根付けを示したことで、ようやく動き出したようである。

辻斬りの正体を知ってなお評定所に届け出るわけでもなく呼べば道場に顔を出し、企みありとわかっても断るわけでなく、とにも差し出した一両を懐にねじ込む男は、たしかに源斉や田所にとっては扱いを決めかねる厄介者であったろう。かつ腕のほどもわかっていれば、下手な手出しもできないと踏んだに違いない。

だからこそ――。

(常に見張っているぞ、と。まあ、その日までああして誰かがいるんだろうな)

考えはわからないでもないが、実に馬鹿らしい。

「ご苦労なことだ」

殺気がなければ、今すぐこちらからどうすることもない。なんといっても面倒臭い。

三左は八丁堀でたらふく呑んで、酔っているのだ。

「好きにすりゃあいいや」

男らを捨て置きにして屋敷に入る。

すると玄関先に、こっちは捨て置きにできない次郎右衛門が仁王立ちで待っていた。

「こりゃ。わかっておるのか」

「ああ」

鷹揚《おうよう》に頷く。繰り返すが、三左はしこたま呑んで酔っていた。

「変なのが三人、彷徨《うろつ》いてるな」

仁王を避けるように奥へと渡るが、やはりそれで終わりになどならず、次郎右衛門がもれなくついてきた。

「昼過ぎからじゃ。ちなみに裏にも二人おるぞ」

「へえ。裏にも」

「おぬし、またなにやらおかしなことに巻き込まれたようじゃの」

「いや、なに、まあ」

「迷惑しておる。事情くらい話しておけ」

とはいいながら興味津々の態である。きっと話すまで離れない。次郎右衛門はなにしろ暇だ。

「実はな」

奥座敷の主の位置に座して口を開けば、こういうときばかりは嘉平がそそくさと茶を入れて入ってくる。この男も聞きたいようだ。

茶を一口啜り、三左はだらだらと話を始めた。

ほうほうと、都度都度で爺さん二人が梟《ふくろう》のような合いの手を入れる。

「ほ、ほう。ご老中を」

「ほほう。越中守様を」

最後まで梟だった二人は、話し終えると顔を見合わせてにんまりと笑った。

「なんだい。なんだい」

三左の酔いが覚めるほど、不気味であった。

「度が過ぎる騒擾《そうじょう》はご免こうむりたいが、三日後であればなかなかに楽しみじゃな」

「左様で。次の賭場もこれでひと安心。いつもどおりの運びとなりましょう。八丁堀だけでなく、外のああいう手合いも客足に響きましょうから」

次郎右衛門主従の会話は咬み合っているようで咬み合っていないようで……。

とにかく、この日の話はこれで終わりであった。三左も深く考えない。その前に考えたくもない。

何度もいうが、三左は八丁堀でしこたま呑んで、たいそう酔っていた。

第五章　明屋敷番拝命

一

翌日、三左はごろごろとして家にいた。付け馬のような男どもを連れて市中に出るのが嫌だったからだ。

見知った連中に出会いでもすれば、きっとなにをいったところで弁解にしかならず、本物の付け馬だと勝手に決め付けることは目に見えていた。

——ほう。千住だか品川だかしらねえが、豪儀《ごうぎ》ですねえ。なら旦那、ひとつ手前どもの売り掛けもなんとかして頂きたいものですが。

そんなことをいい出す奴が、本所から深川を歩けば五人や十人はいるだろう。決して吉原、とまではいわれないこともわかっているのが我ながら情けない。

だから三左は、持て余す時間に爪を切り鼻毛を抜き、掃除の邪魔だといわんばかりの嘉平の箒《ほうき》に追い立てられながらも、しがみつくようにして屋敷にいた。

そんな三左のいる屋敷に、案内も請わず大塚右門が息せき切って駆け込んできたのは昼過ぎのことであった。

次郎右衛門主従とは明らかに違う粗末な昼餉に我慢ならず、ちょうど飯櫃《めしびつ》を奪って庭に駆け出したときであった。

庭先に廻ってきた右門とばったり出くわす。

「なに、や、やってるんですか」

肩で息をしながらも、三左の様子を憐れみの目で見る右門である。

「いや、なに」

ごまかしようもない不格好を咳払いで、とりあえず自身の中だけではなかったことにし、三左は飯櫃を抱えたまま居間に戻った。

すでに昼餉を終えたようで、次郎右衛門の姿は居間になかった。膳も片付けられている。三左の箱膳だけがそのままだ。

右門を居間の、自分の箱膳の前に座らせる。

「大塚さま。まずは」

すると、他人にはよく気が回る嘉平が水を差し出した。当然、ひと悶着起こしていた三左にはなにもない。かえって飯櫃が奪取された。

右門は喉を鳴らして水を飲み、大きく息をついた。

「珍しいな。お前がそこまで慌てるなんて」

箸先で飯椀の細かな米粒の、さらに欠片《かけら》をちまちまとつまんでいると、

「そう。それです」

右門が自身の膝を強く叩いて身を乗り出した。

「件《くだん》の戸田道場ですがね」

日の出とともに手先の御用聞きを湯島に向かわせてみれば、初めから様子がおかしかったらしい。それでも朝であれば踏み込むわけにもいかず手近に潜んでいると、朝稽古に来たとおぼしき近所の子弟が入ってすぐ、首をかしげて出てきたようだ。嫌な予感に御用聞きが踏み込んでみると、すでにどこを捜しても道場には人っ子一人おらず、もぬけの殻であったという。

「なんだあっ」

さすがに三左の声も高くなる。

「今日から本腰を入れてと思っていたんですが、甘かったかもしれません。その分だけ遅れました」

「けっ。はっきり、二日酔いの分だけ遅れたっていっちまえ」

「それをいうなら、昨日三左さんが私の役宅に根を張らなければ、昼以降は動けまし

た」

「それはそれ。これはこれだ」

「それに百川ではうやむやになりましたが、三左さん絶対なにかしたでしょう」

「ああっと。それはもっと遠くのそれでだな。これはもっと近くのこれだ」

「なんなんです。それやらこれやら」

「わからねえ」

「………」

実がないと悟ってか、右門はそれ以上言葉を返すことなく黙り込む。

とそこへ、ひょっこりと次郎右衛門が顔を出した。

「騒々しい。なんの馬鹿騒ぎじゃな」

「おっ。これはご隠居」

右門が居住まいを正す。

「なんでもねえよ」

三左は胡座《あぐら》の膝に腕を立て、渋面を乗せてそっぽを向いた。

「ほうほう。なんでもないというならそれでもいいが。本当によいのかな」

いやに含みのある声であった。なにかあるのだ。

顔を戻してみれば、やけに楽しげな次郎右衛門と目があった。

「なんだい」

「表のな、一人がどこかへ消えたぞ」

「………」

はじめ、三左には次郎右衛門がいわんとすることの意味がわからなかった。

「ついでに申さば」

次郎右衛門は右門に目を向けた。

「おぬしが来る前にはたしかにおったぞ」

「えっ。ご隠居、なんです」

押っ取り刀で駆け込んできた右門はなにもわかっていない。

「おぬしらの申す、そのなんとか道場」

「戸田、道場のことですか」

「そう。その戸田道場の者どもが、昨日の昼過ぎからこの屋敷周りを彷徨いておってな」

ここで、しばしの間が空いた。

「あっ！」

右門と三左の驚愕は、声をそろえてほぼ同時であった。

「お前が来やがったりするから」

「なにをいってるんですか。三左さんがゆうべのうちに伝えておいてくれないからでしょう」

右門はどこから見ても町方同心と見間違いようのない、巻羽織姿であった。

戸田道場方からすれば扱いを決めかねていた三左であるが、この一事によりおそらく敵方と断じるであろう。三左にしてみれば奉行所との関係が知られ、右門にしてみれば町方が動いていることが知られたということである。

三左も馬鹿ではない。右門は切れ者である。二人の驚愕は、そういうことである。

「いつも政吉やらの使いばっかりじゃねえか。お前が自分で来るなんて知るか」

「大事だと思うから自分で来たんです。様子を聞いていれば当然来ませんでした」

――浅ましいのう。

澄まし顔で茶をすする次郎右衛門のひと言で、二人の不毛な会話はひとまず終わった。

二人がそれぞれに腕を組んで押し黙る間、次郎右衛門が三度ほど茶をすすった。

「三左さん」

先に口を開いたのは右門である。

「こうなっては仕方がない。表の男らを引っ張って締め上げてみますか」

「奴ら、まだなにもしていないぞ。ぶらついているだけだといわれればおしまいだ」

「そこら辺はどうとでもします」

「まあ、一見、それが手っ取り早そうではあるが」

三左は天井を見上げ、いいにくそうにして顎を撫でた。

「実は裏にも二人ばかりいてな。さっき消えた一人も戻ってくるとして、表と裏で、都合五人だ」

「……はあ？」

右門が間の抜けた声を上げる。

「と、いうことなのだ。巻羽織なんぞが近づけば逃げようし、今や町方と馴染みと知れた俺が行っても同じだろう。それで一人でも逃がしゃ、よほどの馬鹿でない限り、一派はまた居場所を変えような。だから一見手っ取り早そうではあるが、それは無謀だ」

「なんですか。他人事《ひとごと》みたいに」

右門は真正面から強い視線を三左に向けた。

「受け取りましたよね。それに、呑み食いしましたよね。私の払いで」

三左は言葉に詰まった。それをいわれると弱い。

「わかってるよ」

「では、どうすれば」

「こうなったら一か八《ばち》かだが、当日当夜の一網打尽《いちもうだじん》にかけるしかあるまい」

「そんなこと、簡単にいわないで下さい」

右門は飛び上がるようにして尻を浮かせた。

「襲われるかもしれないというだけで奉行所は動かせないし、かといって本当に、ご老中の身に万が一でもあれば申し開きも立たない。どっちにしても、掛かりの私の腹くらいではすみません」

口角《こうかく》泡を飛ばす勢いである。

「ならよっ」

唾《つば》を避けながら、三左も負けじと声を張った。

「江戸中、捜し回るか」

今度は右門が言葉に詰まった。

「落ち着け。俺を信じろ」

右門の肩が、少し落ちた。

「奉行所は動かせないったって、気心が知れた連中はいるだろう」

「はあ、少々は」

「集めとけ」

「……はい」

立ち上がり、次郎右衛門に一礼しつつ去りかけ、右門は肩口からすがるような目を三左に向けた。

「信じますからね。二両と、呑み食いの分だけは」

「……小さい男だな。お前は」

「大立ち回りは私の領分ではないので。——くれぐれもよろしく。二両と呑み食いの分だけは」

念を押し右門が居間を出て行く。三左は溜息で見送った。

「おおい、嘉平や。茶をもう一杯おくれやぁ」

「はぁい。かしこまりましたぁ」

次郎右衛門と嘉平の間延びしたような日常が、妙に三左の癪《しやく》に障《さわ》った。

二

三左の屋敷に大塚右門が入ってから半刻（一時間）ほど後、場所を移した戸田道場一派の根城に内藤家前から消えた男が駆け込んだ。

戸田源斉らの新たな根城は、道場とは千代田の御城を挟んでほぼ真反対、木挽町《こびきちよう》裏の采女ヶ原《うねめがはら》にあった。二年前までは芝居小屋であったという構えばかりは大きな、椿座《つばきざ》と傾いた扁額《へんがく》が残るだけの破れ屋《やぶや》である。

采女ヶ原は享保一二年（一七二七）頃かられっきとした馬場であるが、馬師も金を取って遊びで客を乗せ、見世物や講釈師、浄瑠璃《じょうるり》のたぐいが辺りに軒《のき》を連ねる実に怪しげな場所であった。二十人からの胡乱な連中が出入りするには格好の場所である。

駆け込んできた男に話を聞く間、源斉は終始無言で目を閉じていた。

「運、だな」

男が話し終え、持ち場である本所にまた取って返して後、そう先に声を発したのは隣に座る田所主水であった。

源斉はゆっくりと目を開けた。

「そう、運じゃ。だが、儂の才知でもある。そもそも、才知と運を備えて初めて、計は成り立つもの」

実際、源斉が戸田道場を引き払う場に町方の手の者がいなかったのは運ではある。が、普請方下奉行の綿貫庄兵衛を動かし、初めから三日前には少しでも襲撃に近い場所に居を移すと決めていたのは、いえばたしかに源斉の才知であったろう。

ついでにいえば流れ着いた江戸で、陪臣を通じて普請奉行井上河内守の知遇を得たことは運であったろうが、密《ひそ》かな大事をまかされるまでになったのはおのれの才知だとの自負もあった。

「ふっ。ものはいいようだな。その口車《くちぐるま》に昔はよく乗せられたものだ。いや、今もな」

田所の軽い嘲弄《ちょうろう》を源斉は無視した。

──おぬしこそ、昔からそうやってよく儂を笑ったな。今もというが、乗らねば野垂れ死にのおぬしを拾ってやったのは、どこの誰であったかな。

本当ならそういってやりたいが、いえば返る答えは決まっていた。

──なら出てゆく。別段、野垂れ死にを恐れるものではないわ。

そうして全てのしがらみから逃れようとして脱藩した田所であり、しがらもうとしすぎて、かえって藩にいられなくなった源斉であった。

(今はまだどうしてもおぬしの腕が必要じゃ、とは口が裂けてもいえんし、いってなどやらんがな)

源斉は心中で軽く笑った。

「どうした」

いつの間にか、覗き込むような田所の顔が近くにあった。

「いや、別に」

源斉は田所から逃れるように立ち上がって障子を開けた。西方の空に燦《さん》とした陽があった。

「それにしても、内藤三左衛門か。どれ、おぬしがいう運まかせにせぬ、才知のほどを見せてやろうか」

「ふん。策士なんとやら。自慢の才知が仇《あだ》にならねばいいが」

「いうな。ならばおぬしは勝てるのか。あの内藤三左に」

「さあて、と何度もいわせるな。だが、剣を交えてみたい欲はある」

「絶対でなければならんのだ。それこそおぬしの運まかせになどできるか」

背にわずかな殺気を感じたが、源斉は動かなかった。ぞんざいな口が精一杯で、美味い物も美味い酒も、それこそ吉原の女郎も知った田所が、金主である源斉になにかをできるわけもない。

問題は、内藤三左衛門である。あの剣は背筋が寒くなるほど怖い。

だが――。

（ふっふっ。要はその日さえ、動けぬようにしておけばよいのだ。ああいう手合いは義理人情とやらにすこぶる弱い。つぼを間違えなければ、簡単なこと）

三左に対しなにをどうすべきかは、源斉の中で早くもまとまりつつあった。

三

翌日、右門に代わって早朝から本所にやってきたのは政吉であった。昼間に姿を見せるのは珍しい。

「やっぱり、ここぞってときはお前ぇかい」

内藤屋敷の周りを彷徨く五人は、町方と三左との関わりを知っても、増えもしない代わりに減りもしなかった。

「へっへっ。きっちり見張られておりやすね」

右門からその辺はしっかりと聞いているようで、政吉は腰に判取帳《はんとりちょう》をぶら下げた掛け取りを装い、勝手口から実にこなれた所作で入ってきた。

ちなみに貧乏所帯である内藤家には、実際には山脇屋に頼まなければならない中間もいなければ仕事もない。

「で、右門はなんだって」

一服つけながら三左は聞いた。

「へい。では失礼しやして」

三左の煙管に促され、政吉は庭先の置き石に腰を下ろす。

そうして、一度額の汗を拭いてから政吉が話し始めたのは、千代田城《ちよだじょう》から白河藩の上屋敷がある北八丁堀までの道筋であった。つまりは老中首座、松平越中守定信の登下城の順路である。南町奉行山村信濃守《やまむらしなののかみ》の内与力から聞き出したという。

「もっとも、町場でも調べりゃあわかることですがね。掛かりの御用聞きはみんな奴らを追って江戸中駆けずり回ってまさあ」

供揃いも連れて公衆の面前をゆくのだ。極秘などではない。大通りに店を構える商家を聞き歩いても、話をつなぎ合わせれば道順はおのずと明らかだろう。にもかかわらず今回、手先をそちらに割くことなく内与力に聞いたのは、襲撃まであと二日という時間に対する右門の焦りか、あるいは覚悟か。

「ただ、聞いて驚きやした。ご老中ってのも大変でやすね。下城の刻限は決まってねえらしくてはっきりとはしやせんが、毎日が激務で御城の太鼓なんざ関係ねえ。朝五つに登城したら最後、暮れ六つ前の下城は今までにただの一度もねえってことでした。下手すりゃあ真夜中ってこともあるそうですぜ」

「かあ。それじゃあ襲ってくれといわんばかりじゃねえか」

だから諫《いさ》める者も多いらしいが、本人は危険を露《つゆ》ほども考えてはいないらしい。

「しかもですね」

常に身軽く早駕籠で動くため、供回りは極端に少ないのだという。

「なんだ。智恵伊豆《ちえいず》気取りかい」

「へっ？　旦那、なんです」

三代将軍家光の頃、幕閣の中心であり智恵伊豆と呼ばれた松平伊豆守信綱《のぶつな》は、登城下城のおりには常に早駕籠に揺られ続けたという。擾乱《じょうらん》の火種がまだまだいたるところに消え残る時代であった。そのため、平静と有事の見分けをわかりづらくし、人心の混乱を防ぐためであったと史書は語る。

「まあ、ものは考えようだ。朝から晩まで城詰めなら狙いも絞りやすかろうぜ」

三左は煙管の雁首を煙草盆に打ち付けた。

「下城の暗がり。その一点か」

「へえ。大塚の旦那もそうおっしゃってやした」

「飛び道具もねえな。それだけでもありがてえ」

三左は煙管を吹いて盆に置いた。

「白湯の一杯も飲んでくかい」

「いえ。あんまり長ぇと怪しまれやしょう。あっしはこれで」

裾をはたいて政吉が立ち上がる。

「おう。ご苦労さんな。これからまた、道場の連中を捜し歩くんかい」

「いえ。口入れ屋ん方の、掛け取りで」

そういえば、今は昼間だ。本来からいえば政吉が御用を務める時間ではない。

「てえことは、その判取帳は本物かい」

「そうですよ」

政吉は当たり前だといわんばかりにして腰の判取帳をたたいた。

「明け方までの分の引き継ぎに八丁堀にいったら、大塚の旦那にゃあ、うちの親分にでも行かせろって頼まれやしたが、今日は本所方の掛け取りだったんでね。ちょうどいいやってあっしがお引き受けしやした」

ということは、また寝ていないのだ。そう知って見れば、汚れかと思った目の周りの黒は、隈《くま》のようである。

「お前も大変だな」

「……そういってくれんのは旦那くれぇのもんです」

政吉は蒼天を見上げてはかなく笑い、

「おっとっと」

明けゆく朝に押されるようにして、蹌踉《よろ》めいた。

四

それから一刻半ほど過ぎた頃、小舟町のみよしではおつたが吉田家の娘、菊乃の来訪を受けた。

ちょうど昼客に向けての支度を終え、通りに打ち水をしようかと表に出たときであった。

「遅くなりました」

そういって上がり框《かまち》で菊乃がほどく風呂敷には、仕立て上げられた黄八丈《きはちじょう》と、しゃれた弁柄縞《べんがらじま》の着物が包まれていた。

「ううん。そんなことないわ。ほかの仕事もあったでしょうに、夜なべでもしたの？　身体に悪いわよ」

黄八丈はおつたが、三左と連れ立って菊乃が来た折り、弟を心配する姉の心根に親しみを感じて仕立てを頼んでおいたものだ。

着物は一見しただけでもひと針ひと針に丁寧さが感じられ、菊乃の気持ちと腕のたしかさがうかがえた。

「お代はけっこうです。この間は本当に美味しゅうございました。生まれて初めてかもしれません。あんなに美味しい物を頂きましたのは」

「ふふっ。そういってもらえる気持ちだけで十分よ。仕事は仕事。また頼むから。それを貯《た》めて、今度は菊乃さんが自分で来てくれたらもっと嬉しいわ」

「はい。是非。——でも、ならば大して減りはいたしませんでしょうが、今回だけは内藤様のつけの足しに回していただけませんでしょうか」

「えっ」

驚くおつたに、菊乃は睫毛《まつげ》を伏せて頬を染めた。乙女の恥じらいはおつたから見ても匂うような愛らしさであった。

「彼《か》の折りは、内藤様にずいぶんとご迷惑をお掛けしましたから」

言葉の端々《はしばし》にも匂いが滲《にじ》み出るようである。

「少しでもお返しを、いえ、お役に立てればと思いまして。いけませんでしょうか」

おつたは返す言葉に詰まった。同じ女だからこそわかる。菊乃の恥じらいは、恋する女のそれであった。

「あの、おつたさん。どうかなさいましたか」

菊乃がのぞき込む。

「あっ、えっ。ううん。——わかった。お針代を何倍かにしてちゃんとつけから引いとく。道で会ったら、三左さんが菊乃さんに頭を下げなきゃならないくらいにしてね」

「まあ」

ひとしきりほほと笑い、少し早いけどお昼をどうと誘うおつたに、

「ありがとうございます。けどごめんなさい。もう一軒、納めなくてはならないところがございますので」

と詫び、菊乃はみよしをあとにした。

(内藤三左。罪作りだねえ)

おつたは菊乃をしばらく見送った。

(もっとも、そのくらいの男だとあたしも買ってるんだから、仕方ないか)

通りの向こうで、菊乃は何度も振り返ってはその都度腰を折った。よくできた、愛らしい娘だ。思わぬ恋敵の出現に戸惑いと一抹の不安はあったが、胸に納めることにする。おつたにはというか女には女の、男衆にも負けぬ矜持《きょうじ》があるのだ。

と——。

「あら」

つぶやいておつたは眉をひそめた。

路地から出てきた明らかに胡散臭い浪人者が二人、物陰に身を寄せながら菊乃の跡をつけ始めたからである。

勘違いでは有り得なかった。

陽が昇り始める明け六つから、いきなり江戸は忙しくなる。出職《でしょく》や通いのお店者《たなもの》が往来を急ぎ、次いで登城出仕の武家衆が通りを埋め、ようやく落ち着くのがこの時分なのだ。

小舟町の堀端には人も舟も少なかった。浪人らが菊乃をつけているのは間違いなかった。

菊乃が小舟町三丁目先の辻を曲がると、浪人達も足早に進んで道を折れた。

「なんなの」

胸騒ぎを感じ、

「ちょっと出てくるわ。あとをお願い」

「えっ。ちょっと、女将さん」

慌て声の仲居に理由もいわず、おつたは菊乃と浪人らを追った。裾が散るのもかまわず小走りである。はしたなかろうがなんだろうが、そうしなければならないほどにもう菊乃までは遠かった。

辻を曲がると、すでに菊乃は親父橋を渡るところであった。

浪人者二人の姿が、菊乃のすぐ後ろに迫っていた。

（いけない）

橋を渡って左に折れ、新材木町《しんざいもくちょう》に入って人気《ひとけ》が絶えたところにおあつらえ向きといってよい稲荷《いなり》があった。

するど、浪人らが顔を見合わせて走るのが見えた。あと半町（約五五メートル）がどうにもおつたにはもどかしかった。

――きゃっ。

稲荷に抱え込まれる菊乃の悲鳴も聞こえた。

全てに遅れておつたは稲荷の鳥居をくぐった。

「ちょっと！　なにするつもり――」

だいっ、と最後までをおつたはいえなかった。息が詰まった。浪人の顔がすぐ近くにあった。

「馬鹿め。わからんとでも思ったか」

悔しさを表すこともできない。先に当て落とされ、ぐったりともう一人に抱えられる菊乃の顔が霞《かす》んだ。

（三左さん。ごめん）

自身の身体が傾《かし》いでゆくのがわかった。

「ほほう。それにしてもこれは上玉。思わぬ収穫じゃな」

それが、次第に意識が遠くなるおつたが、この場で最後に聞いた言葉であった。

五

さて、いよいよ暗殺の当日である。

盛夏を間近に控えて黎明《れいめい》から空には綿雲ひとつなく、この日も暑い一日であることを知らせて夜が明けた。いくばくかの風がせめてもであったろうか。

この日、三左は明け六つの鐘とほぼ同時に、次郎右衛門に枕を蹴られて起こされた。

「痛ってぇっ」

身体を丸めて布団の上を三左が転がった。

面と向かって対峙《たいじ》すれば別だが、次郎右衛門の気配は寝ていて捉えられるものではない。そもそも自分の屋敷で年中気を張っているわけもなく、要するに三左は無防備なのである。

「け、今朝はなんなん――」

頭を抱えていいかける三左の前に、

「ほれ」

と、次郎右衛門の手から一状が投げられた。

「四つ（午後十時頃）過ぎに妙な気配を感じたがな。おそらくそのときに、門の下から差し込まれたのじゃな」

布団に起き上がって広げ返す。すでに次郎右衛門が開けて読んだようである。

読み進めるうちに三左の寝惚け眼に光が宿る。

一状は戸田源斉からの、三左に対する威《おど》しであった。

〈昨日来より当方に女人、二人ばかり預かりおり候。吉田数馬姉菊乃、小舟町みよし女将つたの両名にて候。努々《ゆめゆめ》、貴殿には本所の屋敷より他出なきよう、申し置き候。違えあれば二女、はかなき仕儀と相成りし事、くわえて記し置き候〉

わずかに薄い墨使いが、まるで二人の行く末を暗示するかのようである。

「それとな、状にはこれが添えられておったわい」

次郎右衛門が差し出したのは間違いようもなくおつた愛用の簪《かんざし》と、彼の日菊乃の髪に見た覚えのある櫛《くし》であった。念の入ったことである。

「ちっ。なんだそりゃっ！」

三左は状を丸めて力まかせに投げ捨てた。

「で、どうするな」

次郎右衛門の声が、こんなときにも普段と変わらぬことが恨めしい。

「どうするなったって」

三左は頭を掻き、布団の上に大の字になった。

「今のところは、どうしようもないだろう。右門からの繋《つな》ぎを待つより手なんざねえしな。動けねえ」

「手がないか。動けないか。ほほう」

「だがなんにしても、このままにはしておかねえ。このままには」

「ほうほう。このままには、な」

なにやら次郎右衛門の繰り返しが意味深長にも聞こえるが、思考のまとまらぬ三左はこのときは聞き流した。

天井に板の柾目《まさめ》を睨み付ける。

（菊乃っ。おつたっ）

菊乃はたまさか弟が通い始めた道場が不運にも怪しげであっただけで、本来なんの関わり合いもない娘である。なぜそんなことになったのかはわからぬが、おつたの関係はもっと遠い。

役目柄の大塚右門と菊乃おつたの命を秤《はかり》にかければ、右門が勢いよく撥ね飛ぶほどに命ふたつが遥《はる》かに重い。いや、生きていてくれればの願いだけでも重い。

とはいえ、右門の方も役目の先には時の老中、松平定信の命が見え隠れする。気にはなる。右門や定信の命というよりも、戸田源斉の手の上で玩ばれているのが大いに気になる。というより、めっぽう気に障る。

そもそも前日に捕らえておいて、当日待ったなしに伝えてくるなど憎らしいにもほどがある。

「てぇ、畜生めっ。あとで見てろよ」

見てろよと吐き捨てながらなにをどう見せるのかはまったく定まらぬまま、三左は座敷中をごろごろと転がった。

ながめる次郎右衛門の目が冷ややかである。

だが三左の思惑に反し、当日であれば密かに員数の確認、捕縛の手配りでもしているのだろう。なにかを仕掛けようにも右門本人はもとより、御用聞きはおろか下っ引きの一人、正午を過ぎても三左の屋敷に姿を見せることはなかった。

右門もその手の者も誰も来ず、結局時間ばかりがむなしく過ぎてすでに時刻は昼八つ(午後二時頃)を廻っていた。

今のところはどうしようもない、動けねえと朝にいったきり、なにもできぬまま陽はとうに西の空に傾き始めている。

内在する捌《は》け口なき力ばかりが滾《たぎ》りに滾って、四肢《しし》は静かに見えて血管がはち切れんばかりであった。

ゆっくりとした衣擦《きぬず》れが三左の背に起こったのはこのときである。

――そろそろかの。

――ええ。よい頃合いかと思われます。

そんな、得体の知れぬ不気味なささやきが聞こえた直後であった。

二人同時の咳払いは、明らかに三左を呼んでいた。

することもないから面倒くささを前面に出しながら振り向いてやれば、廊下を挟んでの座敷内に、爺さんが二人前後に離れて座っていた。

「なんでえ」

三左はわずかに眉をひそめた。爺さん二人はいつものことだが、前後の並びが違っていた。

珍しく、そっぽを向いてわざとらしく我関せずを装う次郎右衛門が後ろで、嘉平が前である。

「では、私めが」

背後の次郎右衛門に断りを入れて後、

「殿のお困りを見るに見かねまして」

と、三左に向けて嘉平はおもむろに手の平を差し出した。

なんのことやら、三左にはまったくわからない。

嘉平はわずかに下を向いておそらく、いや絶対、ちっ、と音にならぬ舌打ちをした、と思う。

「てっ。今――」

なにかを三左がいおうとする前に、嘉平は真っ直ぐに顔を上げた。いつもの慇懃無礼が前面に出ている。

「大殿は五両で、おつたさん達のことを引き受けてもよいと仰《おお》せですが」

あんぐりと、三左は開いた口が塞《ふさ》がらなかった。

次郎右衛門が覗き見するように嘉平の後ろで身を傾け、えらそうに頷く。

（そういえば、そうだった）

今さらながらではあるが三左は、我が家には口やかましくてがめついが、こういうとき誰よりも頼りになる化け物が二匹も巣くっていたと思い出す。

「ああっ、と」

頭を掻き、開けたままの口を強引に閉じて咳払いひとつ。

「だったら、もっと早くいってくれりゃあいいような」

「馬鹿じゃな」

澄まし顔の嘉平の背後で、次郎右衛門が胸を張った。

「もったいぶった方が、値が上がるからに決まっとろうが」

堂々といわれると、それが正論に聞こえるから不思議だ。

（いいや）

頭を振って惑わされることなく、三左も負けじと胸を張った。

「それにしたって五両は高い。だいたい万が一を考えれば、いや生きてては欲しいが、二人がな――」

「つくづくと阿呆じゃの」

心底からとわかる溜息は重い。

「ああいう手合いはの、女性《にょしょう》を簡単に殺すものか。散々に慰んで果ては岡場所行き、いや、お菊坊とおつたの器量なら、吉原も総籬《そうまがき》の見世じゃな」

手と口ばかりはなにやらと動くが、いい返す言葉はなにもなかった。

「……二両」

せめて値切る。

すると、次郎右衛門に代わって嘉平が穏やかに首を振った。この穏やかさが曲者《くせもの》だ。

「それでは、大塚さまから頂いた分そのままではないですか。感心しませんな」

「――あっ」

三左は嘉平の背後に次郎右衛門を睨んだ。なぜ知っているもなにも、右門が駆け込んできたあのとき、そういえば最後まで次郎右衛門が聞いていたのだ。

三左の視線を遮るように、嘉平が身体をずらして割って入る。

「この一大事に人の手を借り、にもかかわらず、ご自身が腹を痛めないようにしようとするその性根が殿、お情けない」

声を震わせながら嘉平は目尻に袖口を上げた。わざとらしいが、上手いものだ。

「……なら、二両、一分」

「みみっちいですな」

やはり嘉平は泣いてなどいなかった。

「でしたら殿、四両三分では」

「二両二分」

「つくづくみみっちいですな。四両二分」

「どっちがだ。二両三分」

「四両一分」

「三両」

「四両」

「ええい。三両二分っ」

伝蔵の用心棒代、戸田道場でせしめた分、右門にもらった分、諸々《もろもろ》合わせても、使った分もあってこれで赤字だ。もう鼻血も出ない。

見越しているかのように、嘉平は背後の次郎右衛門をうかがった。

「いかがで」

「うむ。よかろう」

決まった。決まったが疲れた。三左はがっくりと肩を落とした。

六

やがて、それぞれに杖を手にした爺さん二人が庭先に下り、嬉々《きき》として身体を動かし始めた。

三左は廊下の上で胡座をかき、頬杖をついて憮然《ぶぜん》と見ている。

「よし。数が多い方が儂じゃ」

「はい。ならば私めは裏を」

「抜かるなよ」

「これしきで。お戯《たわむ》れを」

なんの気負いもなく、次郎右衛門と嘉平はそれだけで表と裏に分かれた。

次郎右衛門は急ぐこともなく庭から玄関先に廻ると門内でいきなり腰を曲げ、杖を頼りの老爺《ろうや》を装《よそお》った。

玄関では、廊下から抱え上げて運んだような姿で、三左が変わらず憮然としていた。

「これぞ年を取ってからの便利じゃ。よく見ておけよ」

声をかけてよたよたと歩き出せば、三左からへいへいと諦念《ていねん》の声が聞こえた。

門から出、次郎右衛門はすばやく戸田道場の男どもを見定めた。

小屋敷が並ぶ武家地である。通りは常に深閑として人通りなどはあまりない。立っているだけで異質である。

やはり三人いた。すぐにわかった。

二人がすぐ左の辻辺りに並ぶようにしていたのはまず好都合であった。もう一人は右手の、少し離れた他家の築地塀《ついじべい》に寄り掛かって腕を組んでいる。

次郎右衛門はまず右手の二人に向かった。

内藤家の門から出ても、案の定老爺と見くびってか、男らから洩れ出る気配に変わりはなかった。

今にも転びそうな足取りで近づき、実際つまずいたと見せる芝居を二度ばかり。

「おお。もうし、ご浪人方」

男らの立つ辻を曲がり、三歩進んで次郎右衛門は振り返った。

「なんじゃ」

一人が厳《いか》つい顔に眉根を寄せて凄む。

次郎右衛門は気にするものではなかったが、見ればもう一人の身体が辻からやや屋敷前の通りの方にあった。

（やれやれ面倒な。どれ、もうひと芝居）

次郎右衛門は凄みに押されて怯えたような顔を作り、

「ひえっ」

と、もう二歩ばかり後退《あとじさ》った。

「そう怖い顔をなさるな。心の臓が止まるかと思いましたわい」

我ながらよくやると多少自身に酔いながら、下向けた顔で次郎右衛門はほくそ笑んだ。

「だからなんじゃ」

先の浪人が苛《いら》ついて一歩近づいた。

「儂はの、あのお屋敷にな、長年住みこんどるんじゃが、今のご当主はな、貧乏の上に、浅慮で、乱暴で、運もなくて。ほとほと愛想が尽きましてな」

できるだけ小声でしかし、ぎりぎりには聞こえる声で、いかにもこれから内情を話すといった風情を見せる。

「おい。もう少ししっかり話せんのか。聞こえんぞ」

先の浪人がまず一歩前に出、後ろの浪人も興味を引かれたようにして辻からこちら側に入ってきた。しめしめである。

「それでな、儂はな、ご浪人衆にまず、伝えなければと」

浪人二人がきれいに並んだ。

次郎右衛門は腰を伸ばし、威気を爆発させつつにっかりと笑った。

「少々痛いが、勘弁じゃぞ」

男らには、次郎右衛門の笑顔以降はなにが起こったかわからなかったに違いない。

そこから先の次郎右衛門は、まるで飛燕《ひえん》であった。

突き出した杖で一人目の腹を打って留まることなく、次郎右衛門は流れるように身を動かしてもう一人の背後に回った。

そうして唸りも軽やかに回し上げた杖先で、おそらく次郎右衛門を見失って立ち尽くす浪人の肩口を打った。

「ぐっ」

浪人二人は折り重なるようにして地べたに崩れた。重なりの順が、わずかに次郎右衛門の連撃の順を示すだけであった。

「ふん。骨がなさ過ぎじゃ。腰に刀を差す以上、もう少し稽古せいや」

悶絶して聞こえるはずもない二人に声を落とし、次郎右衛門は辻の向こう、屋敷の方に歩き出した。

もう腰を曲げて足弱を装うことはしない。あと一人だけなのだ。

堂々と自分の屋敷の前を過ぎ、残る男に近づく。

残る男は寄り掛かる築地塀から身を離しはしたが、身構えるまではしなかった。それなりに腕が立つなら次郎右衛門から洩れる剣気を感得したことだろう。怪訝な表情を浮かべるだけで老人と侮るなら、この男も考えるまでもなく雑魚だ。

あと一間と迫っていきなり次郎右衛門は飛んだ。浪人がしたことといえば、わずかに目を見開くだけである。

ここで、次郎右衛門は初めて持てうる限りの剣気を爆発させた。

「えっ。ひっ」

手を出したわけではないが、浪人は硬直して瘧《おこり》のように震えた。鍛えがあろうとなかろうと人は、死だけは本能的に直感し、恐怖するのだ。

「塒《ねぐら》はどこじゃ。死ぬか、話すか」

本能に響かさん、次郎右衛門の声である。言葉も短く、駄話を許さぬ威を含む。

「う、采女ヶ原。つ、椿座」

「拐《かどわ》かした娘らもそこか」

浪人はただ、がくがくと頷いた。

「仲間は何人おる」

「い、今なれば五人。いや、六人」

「少ないの」

「あ、あとはもう、出たはずだ」

「ふむ」

聞くだけ聞いて、次郎右衛門は一瞬で剣気を霧散させた。これとて並の剣術遣いにはとうていできぬ技である。

どこから見てもただの老爺に戻り、ただし、

「おぬしも、精進せえよ」

と、いいながら無造作に脾腹《ひばら》を打つ。

浪人は声もなくその場に倒れた。

ただの老爺に戻っても、次郎右衛門は次郎右衛門である。

最後まで確かめもせず背を返し、次郎右衛門は屋敷の門前に戻った。

門の内に背を預けて腕を組み、三左が相変わらず憮然とした顔で立っていた。

「武士も惰弱《だじゃく》になったものだ。これなら」

と、そこまでいって次郎右衛門は口をつぐんだ。

「なんだい」

「いや」

おぬしの方がまだましじゃな、などとは甘やかすだけと、すぐ図に乗ると知るから、

口が裂けてもいえない。

「いいたいことがあるならいっとけ。気持ちが悪いぞ」

ちょうど、脇の路地から何事もなかった顔で嘉平が現れ、いそいそと寄ってくる。

「おう。すんだか」

渡りに舟と話を変える。結果が聞きたいわけではない。あれら程度に嘉平なら聞かなくとも答えは明らかだ。

「はい。雑作《ぞうさ》もなさ過ぎで。かえって拍子抜けするくらいでございました」

なんといっても嘉平も、次郎右衛門が認める数少ない弟子の一人である。

「で、お聞きになられましたか」

「うむ。軽く聞いた」

「左様で。私はくわしく聞きました」

このくわしくは、嘉平ならではであって実に怖い。三左などは聞いた途端、憐憫《れんびん》の目を裏の方に向けた。

「では大殿、急ぎませんと」

素知らぬ顔で腰を折り、嘉平が次郎右衛門の脇に引いた。

陽がだいぶ西の空に傾き始めていた。本所から采女ヶ原まではかなりある。走らねばというほどではないが、老爺二人の足ではぐずぐずしている暇はなかった。

「うむ。参ろう」

あとの始末をしておけと三左に残し、次郎右衛門は嘉平を従えて歩き出した。

辻を曲がり、先ほど倒した浪人二人を跨《また》ぐようにして大通りを目指せば、道の正面に赤くなり始めた陽があった。

「三両二分か。なかなかの実入りじゃな」

「はい」

背で嘉平が答えた。

「とはいえ、こんなものはあぶく銭じゃ。怖い思いをさせたろうからな。これでお菊坊とおつたに着物の一枚も買ってやろうかの」

「おお。それはよい思いつきで」

嘉平が背後で手を打った。

「ならば購《あがな》い先は現金掛け値なし、正札店前売りの『越後屋《えちごや》』がよろしいかと」

「日本橋か。それなら采女ヶ原から遠くないが、帰り道に開いとるかな」

「ならば、もっと急ぎませんと」

「そうじゃな」

とてもこれから浪人どもの巣に赴《おもむ》くとは思えない、好々爺然《こうこうや》とした二人である。

内藤屋敷に住まうという、化け物二匹が通りを駆ける。

采女ヶ原の浪人衆が、なにやら哀れでもあった。

一方、三左は浪人どもを一人一人縛り上げて庭に転がした。都合五人が内藤家の庭にまるで芋虫である。それも相当むさい。

ほかにすることとてなく、三左は浪人らに声をかけた。

――どこの出だ。

――なにをして生きてきた。

――なんで戸田道場に流れ着いた。

――どうして老中闇討ちなどという悪事に荷担《かたん》した。

返る答えは、みな似たようなものであった。

生き方がねじ曲がったのは世の中のせいであり、老中暗殺などはただの憂さ晴らし。つまらぬ浮世を、面白く。

「かあっ。なんだいそりゃ」

泣きたいほど身勝手な、自分本位の考えである。

「勝手にしやがれ」

それ以上かまけては蹴飛ばしたくなるかも知れぬと、三左は庭から離れて一人座敷で瞑目《めいもく》した。

気息を整え、徒然《つれづれ》を考える。考えて考えて、三左は果てに考えることを止めた。なにが正でなにが邪か。それぞれに思いはあって線引きはたしかに曖昧だ。わかろうはずもない。

だが、額《ひたい》に汗して必死に生きる命を巻き込み、手慣らし度胸づけのために奪うなど言語道断である。

なにより、

「拐《かどわ》かしは、高くつくぜえ」

この一点あるだけでも、三左は一味を許しはしないのだ。

俗にいう、お天道《てんと》様に顔向けできない生き方は、すなわち邪であると断定する。三左の答えは明快だ。

やがて座敷に、ひっそりと闇が忍び寄り始めた。明かりなど入れず、三左は座敷を動かなかった。

暮れ六つの鐘を遠く聞き、五つが鳴り始めても粛然《しゆくぜん》と、三左は真闇《まやみ》に意識を溶け込ませて待った。

焦りはしない。次郎右衛門と嘉平は、いざというときには信じるに足る男達であった。

と――。

五つの鐘の余韻の中で、三左は豁然《かつぜん》として目を開いた。鍛えあれば、すでに目は闇に順応していた。

太刀をひっつかんで玄関に走る。

「ええ。ご免なさいよう」

門前から男の声がかかったのはそのときであった。屋敷内の様子をうかがうような気配を先に感じて三左は立ったのだ。

門前から内に顔をのぞかせていたのは印半纏《しるしばんてん》の、道具箱を肩に背負ったおそらく大工であった。

明かりもない闇中からいきなり姿を現した三左に、男は一瞬驚いたような顔をしたが、すぐに腰を折った。

「あの、こちらのご隠居さんに言付《ことづ》かった者ですがね」

夕餉はみよしで済ます、その後そっちの見物にはゆくと、次郎右衛門の伝言は簡素であった。

「かあ。そんだけかい。てぇか、なんだそりゃ。まあいいや。ありがとうよ」

労《ねぎら》いもそこそこに、男の脇を擦り抜けて三左は表に飛び出した。

呆気《あっけ》にとられる男をよそに、三左は有りっ丈《たけ》の力で地を蹴った。

満天の星にして、風はなかった。

走りながらも、身体が震えた。熱い血潮が駆け巡る。

「待ってろよ。逃がしゃしねえぜぇ」

弦月《げんげつ》の下に影をもとどめず、三左は脛《すね》も剝き出しに疾駆した。

まず向かうは方角として大手門である。老中の下城がまだなら、呉服橋御門近辺で待ち構える右門らと合流できるはずだ。

よしんば間に合わずいなかったとしても、そこから政吉に聞いた老中の帰路を辿《たど》ればどこかで追いつく。

ただし、全てが終わったあとでなければ——。

「間に合えよぉっ」

誰はばかることなく三左は吼えた。

ようやく頸木《くびき》から解き放たれ、自在にして、江戸の夜にいまや三左自身が、吹き渡る一陣の風であった。

七

松平定信の駕籠がこの日千代田城を出たのは、夜五つの鐘が鳴る少し前であった。

前後二人ずつの陸尺《ろくしゃく》のほかには、塗笠《ぬりがさ》の番士が左右に二人ずつと、老中首座の供回りとしては極端に少ない。

だが、その分身軽に駕籠は帰路を走る。

「だ、旦那。大塚の旦那」

物陰から物陰へと身を移す右門の耳に、すぐ後ろから悲鳴のような政吉の声が聞こえた。

「なんだ。うるさい。気が散る」

右門は端的に答えた。聞かずとも政吉の悲鳴の理由がわかっていたからだ。

甘く考えていたわけではないが、無謀に過ぎるほどに身軽な分、老中の駕籠は早かった。正式な警固として受けたとしてさえ、普通に追うだけでも早足にならざるを得ないほどである。

それを、密かにして勝手に追っているのである。供回りの番士に気づかれることなく物陰を辿り、かつ見失うことなく付かず離れず追うとは、政吉の悲鳴を聞くまでもなく右門ですらが必死であった。

くわえて町々の木戸を通過するにも、駕籠の一行はなにもせずそのままだが、右門らはいちいち十手《じって》をひけらかして声をかけねばならない。その分も遅れる。だからよけいに走る。

「だ、旦那。何人かがへ、へたばってますぜぇ」

と、いわれても見る余裕は右門にはなかった。逆にいえば、おそらくまた何日も寝ていないにもかかわらず、そんなことを確認できる政吉が、らしいというかさすがというか、恐るべしである。

呉服橋御門で追い始めてから、通り町まではまだよかった。そこから四日市町に走り、本材木町から楓川《もみじがわ》を越える海賊橋が月明かりにも凛然《りんぜん》と見える辺りまで来ると、右門すらがもう駄目であった。

政吉お前だけでも、と右門がいおうとすると、前方海賊橋の手前で老中一行が足を止めた。

町家の暗がりから橋にかけて、面体《めんてい》を頭巾で覆った浪人どもがばらばらと現れて行く手を遮ったからである。ざっと見渡しただけでも二十から三十人はいた。

駕籠を下ろし及び腰になる陸尺と、刀の柄袋が上手く取れずにもがくような番士が見えた。

浪人どもと老中一行の距離はおよそ十間。右門と駕籠の方がやや近かった。

浪人衆を分けるように一人の男が前に出た。

「老中首座、松平越中守の駕籠とお見受けする」

戸田源斉の声であった。さらに駕籠への距離を詰める右門の耳には、今やはっきりと聞こえた。

「履き物」

　重々しい声がかかった。おそらく老中のものであろう。

　供回りの一人が慌てて駕籠脇に草履をそろえる。

　駕籠内から姿を現したのは、右門が思うより大柄な白皙《はくせき》痩身の男であった。

　浪人どもに殺気が凝《こご》る。

「いかにも。松平越中である」

　暴漢を前にしても駕籠脇に立って堂々と、定信に怯えの色は一切なかった。月影に光るような威厳すらうかがえた。

「こ、これぇ。ろ、狼藉者《ろうぜき》、どもぉ」

　右門は駕籠を遠く廻ってようやく老中一行の前に出た。

「み、南町、ど、同心。大塚、右門、である。し、神妙にいた、いたせっ」

　声をたくましく、とは思えど息が切れてなにやら自身でも情けない。が、疾駆に次ぐ疾駆ではどうしようもない。

「奉行所の者か」

　と、いきなり老中の声が背に掛かった。受けて右門の中に雷に打たれたような衝撃が走る。老中じかの声掛かりなど、後にも先にもあるわけもないのだ。

「大義」

老中がわかってくれている。それだけでよい。

「はっ。ははぁっ」

疲労などねじ伏せて二歩、三歩と前に出、右門は十手を浪人らに突きつけた。

「者ども、抜かるなっ！」

しかし——。

へぇいと、おぉうと返るのは、三十人からの浪人を前にして四、五人の声ばかりである。溜息も出ない、というか手勢を確かめるのも怖い。

「ふっふっ。木っ端《こっぱ》役人と小者ばかりで、我らの壮挙をどうにかできると思ってか」

戸田源斉が笑い、男どもの忍ぶような低い笑いが地を這った。一味の後方で一人、おそらく田所主水だけが腕を組んだまま動かなかった。

「ちっ」

いわれて返す言葉もなく、舌打ちが右門のせいぜいである。

そもそも集めたといっても政吉を始めとする伝蔵の手の者や、とにも御用聞きばかり十五人で、内そろそろ隠居を考えていた者が六人混じっている。ほとんどが今頃どこぞの道端でへたっているに違いない。与力同心からは見習いの若い衆を強引に二人引き連れてきただけだ。どっちにしても危ない橋などは渡れるわけがないと、一味の企《くわだ》てを打ち明けた仲間や上役は適当な口実でみな逃げた。

「や、や、野郎っ」

政吉が右門の脇に立って腕捲りをする。その隣に、肩で荒い息をつきながらも見習い同心の二人が並んだ。遥か後ろで遅れた誰かが呼び子笛を吹くが、途切れ途切れにして弱く、まるで響かない。

「面倒になる前に。やれ」

源斉の号令を受け、浪人衆が一斉に抜刀する。

「な、なあ、政吉」

「へ、へい」

「さ、三左さんはまだかな」

「ま、まだですかね」

右門らの威勢はここまでである。みながおどおどと縮こまる。

と——。

「待て待てぇい！」

遥か後方から、それにしても心胆を揺さぶる大音声《だいおんじょう》が掛かったのはそのときであった。

振り返れば、着流しの裾を散らして走り来た三左が、瞬く間に定信の駕籠を飛び越え、右門らの前に割って出た。

「さ、三左さん」

「旦那っ」

大きく息をつくだけで気息を整え、

「待たせたな」

肩越しに右門らを見て、三左は男臭く笑った。信じるに足る、まかせるに足る、惚々とする笑みであった。


「お、おぬし、馬鹿な」

驚愕は戸田源斉の声である。

「よいのか。我が手には娘二人が――」

「へっ。あいにくだったなあ」

三左は最後までいわせなかった。

「そっちはな、三両二分でとっくに片が付いてるぜ」

当然源斉からの答えはない。意味不明であろう。わずかに首をかしげたようにも見える。

だが、そんなことは三左にとってはどうでもいい。大喧嘩大掃除の前に、細かい話は必要ない。

「さあて。直参旗本、内藤三左衛門」

手に唾を吐き、足場を固めて目に壮とした光を宿せば、全身から陽炎《かげろう》のごとき剣気が立ちのぼる。

「親兄弟、妻子がある奴ぁ退いときな。こっから先ぁ、地獄だぜぇっ！」

喧嘩になると口調が特に荒くなる。三左の癖だ。

常の啖呵を吐き、三左は浪人どもに突っ掛けた。

――おのれっ。

――下郎っ。

――いざっ。

殺到する白刃の中で、気負いも衒《てら》いもなく三左は自在であった。

抜き放たれた刃は月影をなお集め、優美に走って瞬く間に三人を地に斬り伏せた。

「おっ。三左さん、さすが」

「ぼやぼやしてんじゃねえや。右門、お前らも働けっ」

「あ、はい」

気圧《けお》されて右門が素直に従う。大立ち回りは領分ではないといいながら、この場にいたっては仕方あるまい。

その間にも斬り込んでくる男らを二人、三左は無造作に刃を避けて蹴倒し、殴りつけて大地に転がした。男らの上に見習い同心が覆い被さる。

右門や政吉、気を取り直した供回りの番士らの奮闘もあってやがて浪人どもの囲みがばらけるが、なんといっても数が多い。気にかけていたつもりではあるが、三左の剣界から逃れて老中に殺到する者達があった。

——越中。

——死ね。

——天誅《てんちゅう》っ。

(いけねえっ)

未熟とは決していえぬ太刀筋の凶刃が定信に降る。

しょせん腰の物は飾りだろう老中ではと、思わず三左は首をすくめた。

しかし——。

定信は軽やかに身を反転させて刃の下をくぐると、顔色すら変えず一人の手元を上から押さえた。

「ぐっ」

肘を当てると同時に捻《ひね》れば、男は駕籠の上を飛んで地べたに激突し動かなくなった。

もう一人もほぼ同様にして、定信の手並みは鮮やかなものである。柔術だろうが、定信の腕は殿様武術の域を遥かに超えていた。

「おお。やるやる」

三左は思わず感嘆を洩らした。

その声に注意を逸《そ》らしたか、残る一人に定信はわずかに遅れた。

しかし――。

「ぐわっ」

苦鳴を洩らし刀を取り落としたのは、浪人の方であった。

定信の窮地を救ったのは、どこからともなく飛来した一本の小柄《こづか》であった。一瞬、その出所は三左にもわからなかったほどである。

とにも走り寄って凶賊を斬り倒し、定信と並び立って辺りを探れば、近く町家の天水桶の陰に、大徳利から直に呑みつつ、次郎右衛門が胡座をかいて座っていた。

「かあ。本当に見物かよ」

三左は天を仰ぐが、同時に定信の口から、

「おお。これは」

と、親しみを込めた声が出た。それだけでなく、あろうことか老中首座は次郎右衛門に頭まで下げたのである。見れば次郎右衛門もにこやかに手を振っていた。

なにやらいわくありげで怪しいが、そのことに三左が忖度《そんたく》している時間はなかった。

二陣三陣の浪人どもがすぐ近くまで寄せていた。

「おうっ」

月明かりを撥ね、三左は闇に舞い踊った。そのひと差しごとに血飛沫が上がり、浪人衆は数を減じた。

十人、と数えて三左は一度、袖口で刀の血脂をぬぐった。

すでに斬り倒されあるいは捕縛され、地に立つ浪人衆はほとんどいなかった。

呼び子笛も夜空に強く響き始めた。隠居間近の御用聞きが遠くで吹く笛である。遅れた代わりに、休息十分を知らせるかのようでさえあった。

このままならどうにか、老中の暗殺は未然に防ぐことができそうだ。

三左は刀を肩に担ぎ、夜空を見上げてひと息ついた。

「息苦しい世に不満はあろうがな。こんなんで晴らしていいわけもあるめえよ」

月星に語りかけ、そのまま声を前方に落とす。

「誰も彼も、懸命に生きてんだぜえ」

向こう五間ほどで戸田源斉がわなわなと震え、そのすぐ後ろで田所主水が頭巾をゆっくりと解いた。

「なにもかにも、関係ない」

田所は源斉を押しのけて前に出た。腰をひねり、一刀を抜き放つ。

「内藤三左衛門。一手、所望《しょもう》」

位取りは青眼《せいがん》である。

「おうさっ」

その一剣を上段、炎の位に受けて三左はひと足差した。

やはり尋常の腕でないことを示して、田所から噴き上がる剣気は静夜に風を誘うほどであった。

とはいえ、押し返す三左の剣気も並みではない。

老中暗殺の企てなど、すでに三左の頭にはなかった。孤剣を以《もっ》て死生ぎりぎりに立つとは、剣を志した者の本懐である。おそらく田所もそうであったろう。

純粋な剣気と剣気は、ほぼ両者のど真ん中で渦を巻くかのようであった。

数えれば瞬き一つ二つの固着は、見る者には永劫《えいごう》とさえ感じるかの緊張をはらんでいた。

だが――。

瞬き三つ目に、時は動く。

「せぇっ」

先に動いたのは田所であったが、

「せぁっ」

三左もほぼ同時に大地を蹴った。

一足飛びに寄ればそこはもう互いの剣界であった。

田所が稲妻のごとき勢いで突いてくる。驚くほどよく伸びる打突であった。

本気なのはよくわかった。大川橋でやり合った時と比べてもまた一段上である。

三左はとっさに頭を傾けて肩口に逸らしたが、首筋にひりつく痛みを感じた。皮一枚持っていかれたようである。

「けっ」

負けじと後《ご》の先《せん》に天雷の一刀を落とせば、田所は柄から左手を放し、体を開いて三左の剛刀を身の脇ぎりぎりにかわした。見事な見切りである。

「やるなあ」

「ぬるいぞっ」

三左の感嘆を真顔で受け、田所はそのまま右手一本で薙ごうとするがしかし、今度は三左の方が早かった。

むなしく大地に落ちた刀の柄をひねり、左足をわずかに引くだけで瞬転の燕に跳ね上げれば、月影をまぶした一閃が滑るように上天に走った。

「ぐっ」

踏みとどまったのはさすがであるが、二歩ばかり飛び退く田所の顎先からは細く血が滴った。三左の摺り上げの成果である。

これで位置を入れ替え、三左は腰を沈めながら切っ先を下段に沈めて脇に回した。

対して田所はふたたび、青眼の位取りである。

固唾《かたず》を呑んで、誰も動かなかった。大気すらがひそと見守るようである。

潮合《しおあい》は、満ち始めていた。わずかな差が、きっと死生の明暗を分ける。

だが、時を動かしたのは三左でも田所でもなかった。

「おのれぇっ」

いきなり三左の背後に未熟な殺気が爆発する。

戸田源斉であった。

切っ掛けはなんにしろ、ふたりの剣が動き出す。

三左の剣は戸田源斉に、田所の一刀は三左に――。

とっさに右足を大きく引いて半開した三左の眼前を剣尖《けんせん》が行き過ぎると同時に、反応として後の先に唸りを生じた三左の剣は、源斉の胴を存分に薙いだ。右門のこともあれば一味の主格は手取りにしたいところだろうが、止めようもなかった。

声もなく蹈鞴《たたら》を踏みながら倒れ込んでゆく源斉の向こうで、すでに上段に振り上げた田所の一剣が月の光を撥ねていた。

三左の体勢はまだ、剣尖を伸ばしきって崩れたままだった。

「おうさっ」

捨ててこそ、浮かぶ瀬もある。

瞳に爛《らん》とした炎を宿し、三左は源斉を踏み越えて刃の下にその身を晒した。死生ぎりぎりの、そのまたぎりぎりを見極めるのだ。

刹那《せつな》――。

田所は三左を両断したと、手応えすら感じたかも知れない。

だが、一寸より内に過ぎゆく剣尖の冷たさを感じながら怯懦《きようだ》に流れることなく、三左の孤剣は田所よりなお月影をきらめかせて始動した。

大気を裂く軽やかな唸りは輝きを連れ、田所の脾腹から入って背後に抜けた。

走り抜けて、三左は田所と背中合わせに立った。

起こり始めた風が背と背の間に割って入る。

「内藤、三左衛門。……見事な、腕だ」

田所は前のめりに地べたに伏した。

大きく息をつき、刀に血振りをくれて納刀し、三左は振り返って視線を落とした。

「これだけの腕を持って、ほかの生き方はできなかったんかい。――お前ぇは、大馬鹿野郎だ」

剣を志してもそれだけでは生きられぬ時勢のもどかしさは三左も知る。田所にかける言葉は、哀惜を強くにじませた。

暫時その場にたたずむと、背後に足音がした。

「その方、内藤と申さば、我が血脈の」

松平定信であった。

徳川家康の異母弟に由緒を持つ内藤家と、八代将軍吉宗《よしむね》の孫に当たる田安《たやす》家の定信はいわれれば元をひとつにする。

が、振り返ることなく三左はただ首を振った。

「古い話。今は一介の、しがない貧乏旗本にござれば――」

なんの関係もございませんとまで続けては角が立つか。

「そうか」

おそらく意を汲み、定信はそれ以上話を追わなかった。

「助けられた。礼をいう」

「礼などと」

三左は足下に田所主水の骸《むくろ》を見た。

「いや、そう思う気持ちがござるなら、浮世を広くご覧になって頂きたい。賊徒に襲われようと清貧を貫き通す。それはそれで天晴れなる覚悟。が、息苦しき世に弾き出され、このように野辺に無惨を晒す者達がいる」

なかった。

老中首座に一介の旗本がと思えば畏《おそ》れ多すぎる話であるが、なぜかいわずにはおれなかった。

「人は清貧にのみ生きるにあらず。汚濁にのみ生きるにあらず。その中庸《ちゆうよう》にこそ本来の、今日を生き明日を夢見る、人の暮らしがあると存ずる」

答えを待たず、三左は夜に足を踏み出した。

定信の視線を背に感じながら、三左の足が止まることはなかった。

八

騒動から二日が過ぎた、昼前のことであった。

「かあっ。まったく金にならなかった。どころじゃねえや」

三左は居間で大の字になった。

おつたも菊乃も無事に帰り、老中の暗殺も未然に食い止め、右門の首もつながったとは万々歳であるが、三左の懐だけは寂しかった。

次郎右衛門に払う、三両二分。

三両はすでに巻き上げられていたが、残りの二分が袖を振っても褌《ふんどし》を振っても、どうしても出てこなかった。出るわけもない金だったのだ。

にもかかわらず、帰った夜からすぐに次郎右衛門の催促は始まった。

——まだかの。

前日などは夜明け前から寝るまでの間に五回はあった。

そんなすぐに作れるかい、と喉元まで怒声が出かかったが、

——よろしいのですか。朝餉夕餉で日に二十文と換えるとして。それにお出掛けやらなにやらで留守の日にちをくわえると。……殿、おそらく今年一杯はかかりますが。

と、真顔の嘉平に指を折って突きつけられては飲み込まざるを得なかった。

——近いうちにはな。まあ、はっはっ。

嘉平なら冗談などではなく、本気でそうするのだ。そんな取り繕いで昨日の朝餉はなんとかなったが、夕餉に三左の膳はなかった。

どこへ行ったか知らぬが、この日は三左が起きたときには二人ともすでにいなかった。であれば今日からの飯がどうなるのかはまだ不明だが、良い方に勝手に転がることなど有り得ない。

どうしたものかと考えを巡らせるが、煩悶《はんもん》にしかならずいたずらに時が過ぎ、馬鹿らしくなって大の字になったのだ。

「まあ、空きっ腹じゃあ、いい考えも浮かばねえ」

腹を撫でながら立ち上がるが、その懐に頼みの割裂箸はあと一回分しかなかった。

ちょうどそのとき、

「ご免」

と、門前から武張《ぶば》った男の声がした。

「おう。俺のほかには誰もいねえが、用があるなら入んな」

言いつつ玄関に出てみれば、熨斗目《のしめ》の利いた羽織袴の、初老の侍が三左を認めて腰を折った。

染め抜きの小さな家紋を見れば梅鉢《うめばち》であった。おそらく白河藩江戸詰の藩士であろう。松平定信の家臣である。

「それがし、陸奥《むつ》白河の――」

そこまで聞けば十分とばかりに、三左は手をあげて続きを制した。くどくどとした語りは面倒である。腹が減って外に出ようとしたばかりである。

「で、用件は」

「それがしと、ご同道願いたい。殿がお待ちでござる」

三左は小さく溜息をついた。天下の老中首座がなんの用事だというのだろう。去り際の物言いに、今さらながらに怒りでも込み上げたか。

「……面倒事なら、ご免こうむりたいが」

「そこを曲げて」

「ご老中が、いったいなんの話があるって？」

「いや。それは、それがしの与《あずか》り知らぬところであって。ただ、そこもとが主客である、とは聞いてござるが」

三左は男の顔を見た。いかにも謹厳《きんげん》実直を絵に描いたような顔であった。

ふと三左は閃《ひらめ》いた。

「なら酒と飯。出るのかい」

「はぁ？」

「酒と飯だよ。腹が減ってんだ」

「ああ。左様で」

老武士はにかりと笑って頷いた。

「もちろん。ご要望とあらば山海の珍味でも」

決まりである。

三左が承諾すると、老家臣は胸を張って先に立った。

（はてさて。なにをいわれることやら）

一抹の不安はあったが、空きっ腹と空《から》っ穴《けつ》にはまったく勝てない三左であった。

老武士に案内されて連れて行かれたのは、蛎殻町にある白河藩の中屋敷であった。

どこも同じだが上、下屋敷に比べて中屋敷に勤番の士は少ない。

白河藩の中屋敷も門構えと玄関はえらく立派だったが、人の気配自体があまり感じられなかった。

母屋《おもや》に上がってひと角曲がった辺りで、老武士からおそらく小姓《こしょう》組であろう若い侍に案内が引き継がれた。

飯だぞ酒だぞと二度ばかり念を押した老武士の目が泳いでいたのは気懸かりだったが、気にせず先導する侍に三左はついていくしかなかった。

それから長い廊下を渡り、ふた角曲がると広大な奥庭に出た。

若い侍はそこから庭を三左に指示した。踏み石に草履がそろえてあった。

「築山の向こうに、四阿《あずまや》がござれば」

いわれたとおりに庭に出、見事な枯山水を愛《め》でつつ築山の脇を廻れば、果たして四阿があり、卓の奥には茶を喫する松平越中守定信の顔があった。

「早朝から夜中まで、城中の御用部屋を離れぬと聞くご老中に、お屋敷で拝謁《はいえつ》とは摩《ま》訶《か》不思議でござるが」

三左はいいながら四阿に入った。

「別に好きこのんで朝から晩まで詰めているわけではない。山積みの問題と、廊下に列を成す者どもが帰してくれんのじゃ」

「お呼びにより参上仕《つかまつ》りましたが」

「挨拶《あいさつ》などよい。座れ」

騒動の夜より、いくぶん砕けて見えるのがなにやら不気味といえば不気味であった。もっとも、暴漢に囲まれてのほほんとしていられるわけもないが。

「まずは顛末《てんまつ》を話しておこうか」

茶をもう一口啜《すす》って定信が話し始めた。

一件のあと、目付方の動きは素早かったという。それはそうだろう。天下の老中首座が暴徒に襲われ、危うく命さえ落としそうになったのである。

結果、普請奉行の井上河内守は翌夜には自裁して果て、普請下奉行の綿貫庄兵衛は評定所に預けられ、今も厳しい詮議《せんぎ》の最中であった。

が、ここまでゆくとどうにも素早すぎるきらいもある。三左はわずかに眉をひそめた。

「勘定奉行までは、どうであろう。辿り着けなかろうな」

そんな流れも定信は期待していたらしい。

「なるほど」

三左ははたと気がついた。

「早駕籠からなにから、常にご自身が餌《えさ》でござるか」

定信は笑って、特にはなにも答えなかった。

腰元《こしもと》が現れ、三左の前に茶を饗《きょう》して去る。飯でも酒でもないのは、まだ屋敷に入ってさほど経っていないからか。

「儂もかつては、少々放蕩無頼に生きた時期があってな」

「聞いております。祖父から」

定信は口元を綻《ほころ》ばせて頷いた。

幼少より群を抜いて聡明で、病弱凡庸の兄を措き、御三卿《ごさんきょう》田安家の後継、そしていずれは十一代将軍と目されていた定信が、田沼政治を批判して陸奥白河藩、松平定《さだ》邦《くに》の養子とされてしまったのは安永三年（一七七四）、定信が十七歳の時である。放蕩無頼に生きたとはその前後のことだと、三左は次郎右衛門に聞いていた。

――天与の才にな、恵まれたお方であったよ。

懐かしむ目で次郎右衛門はそうもいった。

その無頼の一時期、定信はなんと次郎右衛門の門弟であったという。

奇行の次郎右衛門にそうまでいわせるなら、定信の才は推して知るべし。彼《か》の夜、暴徒を自身で撃退したこともうなずける。

それよりもなによりも、三左は次郎右衛門が、時の老中とまで親交があったことが驚きであった。自分の祖父でありながらいったいどこまで顔が広いのかと、やっぱり侮れぬ爺さんだと改めて思った。

「散々しごかれはしたが、老師、いや、ご隠居殿によって儂は武に目覚めてな」

定信は訥々《とつとつ》と、その後大名でありながら起倒《きとう》流柔術三千門弟の三指に数えられるまでの修業をし、藩流剣術の甲乙流に柔をくわえ新甲乙流を創始するほどにまでなったことを茶飲み話に語った。

三左も聞きながら何度か茶を喫して顔をしかめた。渋い茶は苦手であった。

「ふっふっ。渋茶は苦手か。儂もでな。これはずんと薄くしてある」

定信はおのれの湯飲みを掲げた。

「儂への啖呵といい、無頼に生きた頃の儂を彷彿《ほうふつ》とさせる。もっとも、同じ師匠に鍛えられたのだからな。申さば、儂とおぬしは同門。無頼の同門じゃ。のう、三左衛門」

掲げた湯飲みに口をつけ、定信は上天に顔を上げた。

「おぬしを見れば見るほど、あの頃を懐かしいと思う。今思えば、尖《とが》りに尖っていた。もう少し丸みがあれば、生き様はきっと変わっておっただろう。もっとも、後悔はしておらんが」

老中の顔に、四阿に差し掛かる木々の隙間から降る木漏れ陽《こもびまだら》が斑模様をつける。

「だからな、三左衛門。おぬしがいった清濁の意味。これでもわからぬではない。ただな、腐った水は、一度透《す》かさねばなにが沈んでいるかわからぬ。透かさねば、掬《すく》い上げねばならぬものがなんなのかが見えんのだ。――ふっふっ。清貧を貫くとはよくいった。そんな綺麗事ではない。儂の仕事はな、要は溝浚《どぶさら》いよ」

笑いは自嘲であったか。

なんにしろ、話の向かう先がわからなかったから、三左は口を引き結んだ。

こういうときは黙っているに限るのだ。迂闊《うかつ》に口を開くとなにがしかの言質《げんち》を取られる。

これは次郎右衛門や嘉平と暮らして自然に身に付いた、三左なりの処世の術であった。

さまで時を置かず、築山の脇から四阿に寄ってくる男があった。いくぶん小太りの、壮年の武士であった。

「おう」

その姿を認めると定信は気軽く手を挙げて呼び、だが男を待つこともなく話を続けた。

「三左衛門。濁りに潜《ひそ》むものが悪いばかりではない。清きに颯爽と泳ぐものが正しいばかりではない。先般おぬしが申したこと、よくわかる。儂も無頼の頃には同じようなことをよく話した。話したが、今なら申さん。口にするだけではなにも変わらんと知るからだ。いわずに動き、動かす。だが、それでも浚いきるのはなかなかに難しいだろう。儂の施政は、溝浚いで終わるかもしれん」

話の間には男が四阿に入ってくる。近くで見れば、どこから見ても狸にしか見えぬ小男であった。

「ご老中。この者が例の」

「そうじゃ。見知りおけ」

男は定信に頭を下げ、後ろに回る。その動きを見つつ、三左は渋茶をようやく飲み干した。

それにしても、飯と酒はまだなのだろうか。

「どうじゃ」

「なかなか、面白そうな」

「そうであろう」

「さすがに、お目の付け所が」

二対の目が、真正面から三左を見ていた。言葉を聞けばどう考えても品定めだ。

面倒に巻き込まれる前兆のような雲行きの怪しさがあった。

（この際、飯と酒はあきらめるか）

厄介事はご免である。そうそうに切り上げるべく、

「で、ご老中。それがしをお呼びになったわけは」

と三左は切り出した。老中といえど、意に染まぬことをいい出されたら断ればいいのだ。簡単なことだ。

「うむ。実はな、同じ血脈、遠縁ではあれ、儂にあれだけの啖呵を切ったのだ。吐いた唾の分は、おぬしにもその清濁を味わってもらおうと思ってな。此度《こたび》の騒動を起こした普請奉行は儂の配下。で、ふと思い立ったのだ」

後ろで狸がうんうんと頷く。

定信は視線でその狸を示した。

「新任の普請奉行、保科日向守《ほしなひゅうがのかみ》じゃ。見た目のとおりの狸じゃぞ」

やっぱり狸なのだ。

「ご老中。おっしゃいませずともよいことを」

がははと豪快に笑い、そのままご無礼をと定信の脇に出、日向守は懐から一状を三左に差し出した。下文《くだしぶみ》である。

広げ返せば、明屋敷番《あけやしきばん》を命ずとあった。場所は浅草上平右衛門町《かみへいうえもんちょう》である。

「はて」

たしかに配置替えやら廃絶家の、住み人のいなくなった明屋敷の管理は老中支配、

普請奉行の管轄ではある。

三左は一状を卓に置き、おもむろに顔を上げた。

……だから、なんだ。

「それだけでは面白くないでな。それで町家の空き家も含んで考えるよう、日向守を通じて町年寄どもにも伝えてある」

……だから、なんなのだ。

「番方として、明屋敷に住んでもらおう。ふっふっ。なかなかに面白いぞ。壮絶なところでは主家の廃絶を恨み、徒党を組んでかつての藩邸に斬り込んだ者どもがおった。職と屋敷を追われ、後日門前でひっそりと自害し果てた者もおった。くだらんところでは、屋敷地替えの大身の旗本が、元の屋敷に一人で忍び込んで評定所送りとなった。聞けば急な屋敷替えに人目もあり、床下に溜め込んだ春画がどうしても持ち出せなかったと。それで家名断絶じゃ」

定信はにやりと笑った。だが、受けて笑うわけにはいかなかった。定信の目の奥には、決して揺れぬ炎が見えた。

「喜び、哀しみ、怒り。明屋敷にはな、それまで住んでいた者たちの暮らしと思いが染みついておる。重いものぞ。それを三左衛門。浴びてみるがよい。清濁の意味、中庸の難しさ。おのずと知れよう。どうじゃ」

「いや。どうじゃと申されても」

下文である。どうじゃといわれて、いやじゃといったところで、この流れでは無視されるだけだろう。

「ただでとは申さぬ。助けられた礼も含めとるつもりじゃ。ほれ」

定信は卓に広げられたままの状の、末尾を扇子《せんす》で指し示した。足高《たしだか》百俵とあった。

「今の倍じゃ。このご時世に、破格である」

定信が胸を張る。なぜか日向守も胸を張る。

「い、いえ。そういうことではなく」

「ならなんじゃ。ああ、ちなみに老師、いや、ご隠居殿は大喜びであったぞ」

「い、いえ。ですから」

全てが面倒なのだ。引越しも面倒なら、近所付き合いも一から築かねばならない。億劫《おっくう》でもある。第一、明屋敷番を務めるために、住み慣れた父祖代々の屋敷を明屋敷にするのは意味がよくわからない。

とりあえずそんなことをくどくど説明しようとして、三左は遅ればせながらに目を見開いた。

たしか老中は今、隠居殿がどうのといった。

「はあっ?」

「今朝方お呼びしてな。積もる話をさせてもらった」

それで今日、二人は朝からいなかったのか。合点はいったが、そんなことを考えているときではない。

「……まさか、足高のことも」

人の気も知らず定信は大きく頷いた。

「話した。おお、そういえばこれで二分《にぶ》の件は帳消しとか申されておったが、なんのことやら」

嫌な予感がした。

「ご老中。このことについて、我が祖父はほかにはなんと」

「うむ。善は急げとか。伝蔵とか。ああ、おぬしをここに呼びつけたのもご隠居殿の申し出であった。本来であれば明日以降、小普請組頭からのつもりであったが」

聞いた途端、三左は勢い込んで立ち上がった。

間違いない。伝来の屋敷も付き合いも関係ない。次郎右衛門ならやる。嘉平ならすぐやる。

「ご免」

「三左衛門」

駆け出そうとする三左の背に定信の声がかかった。

「礼の意味もあると申した。下文の形ではあるが、今ならまだおぬしの勝手でよいが、どうするな」

「どうするもなにも」

三左は背で笑った。

「それがしがなにをか申します前に、もう受けてござろう。――おそらく」

ふたたび、ご免といって三左は駆け出した。

築山の向こうに出ると、かの老侍が盆を捧げてこちらに歩み来るところであった。

「おお。内藤殿。遅くなったが」

突き出される盆には拳のような握り飯が二つ。

「もらっとくが」

走り抜けざまに三左は握り飯に手を伸ばした。おそらくこの老侍が握ったのだろう。指の跡もあってなにより固い。

「これのどこが山海の珍味だ」

三左の背に、これが我が藩の気風でと悪びれぬ声が聞こえた。

「まったく。あの年回りの爺さんはどいつもこいつも」

いいながら握り飯にかぶりつく。

固くはあったが、絶妙の塩加減がまたよけいに癪に障った。

押っ取り刀で三左が屋敷に帰り着いたのは、西に陽も大きく傾く暮れ六つ近くのことであった。

が――。

思ったとおり、屋敷は屋敷であって、すでに三左の屋敷ではなかった。

もぬけの殻なのである。いや、それどころか履き物や茶箪笥《だんす》、行李《こうり》や箒《ほうき》にいたるまできれいさっぱりなくなっていた。掃除までが済ませてある。

「やっぱり、やりゃあがった」

三左がいてはきっとごちゃごちゃうるさいと、次郎右衛門はあろうことか老中まで使ったということだ。

それにしても、恐ろしく素早い。

三左は休む間もなく、下文に示された浅草上平右衛門町の明屋敷に向かった。休もうにも茶道具も座布団も、居座って抵抗しようにも布団も箸の一膳もないのだ。

上平右衛門町は浅草御門のすぐ外である。四半刻あまりで三左は走破した。

「なんだこりゃ」

立派な屋敷であった。自分の屋敷ではあるが実感もなく門から中をうかがえば、塀や建家の感じから優に五百坪はある屋敷のようである。

中からはやけに楽しげな、大勢の声が聞こえていた。宴会のような賑やかさである。

「あ、三左の旦那」

振り向けば門前に、政吉の姿があった。相変わらず、目の下に隈が出来ている。

「なんだ。もう店はいいのかい」

「ええ。早じまいです。てぇか、今日はもう昼過ぎからてんてこ舞いですよ。なんたって旦那んとこのご隠居様に、居残ってた日傭《ひやとい》の大半を持ってかれちまったから」

そういうことか。

「よく伝蔵が許したな。どうせうちの爺さんからじゃ、ただ働きなんだろ」

「それはそうですが、親分のほうが大乗り気で」

「なんだ？」

「賭場がでかくなる。しかも客筋も一新だって腕捲りでね。で、明後日から使うにゃあ、善は急げってなもんです」

「なるほど」

それ以外、三左にもう言葉はなかった。

当主を蚊帳《かや》の外に、内藤家はよくも勝手に回るものだと、もう慣れたと思っていたが呆れもするし感心もする。

「さて旦那。立ち話もなんだ。入りましょうや」

挙げ句に、政吉にまで客のようにあつかわれる。

新たな内藤家との実感がないのは政吉も同じなのだろうが、ここはもう三左の屋敷なのである。

早くも明かりの灯る座敷に入れば、仕出しやら大徳利やらを囲んで男どもが騒いでいた。中には見知らぬ侍衆もいた。近所の者だろう。早くも転居祝いということか。

「……………」

宴席の中心に、次郎右衛門とすでに赤ら顔の伝蔵がいた。嘉平は座敷の隅で、恰幅のいい武士に頭を下げている。引越しの挨拶と、おそらく賭場への誘いだろう。

「……………」

全体をながめて突っ立っていると、伝蔵が三左を見つけて近寄ってきた。手に湯飲みと大徳利を持っていた。

「へっへっ。嬉しいねえ。ここなら前より儲かりそうだ。旦那、ご活躍、ありがとうござんした」

酒を満たした湯飲みを三左に押しつけ、伝蔵はふらふらと元いた場所に戻っていった。

「……………」

それでも立ったままでいれば次郎右衛門が、来たか座れ、遠慮はいらんぞとわめき、いつの間にか近くにいた嘉平が、しばらくは朝餉も夕餉もありましょうとささやいて去った。

「………」

三左はおもむろに素足のままで庭に出た。

湯飲みの酒に口をつけ、黄昏《たそがれ》の空を見やる。

「屋敷は変わっても、俺の扱いは変わらねえや」

酒はどうにも苦く、かすかに消え残る夕陽が三左の目に染みた。

後書きなる雑記

『異形《いぎょう》の者』という小説でデビューして以来、小説家生活も二十五年目に入るのかと思うと感慨深くなり、後書きをという提案に乗ってペンを取ったという経緯はありますが、実は二十四年目だということがすぐに判明しまして、担当に断るのも格好悪いのでそのまま後書きは進行しますが、節目でもなんでもないので軽い気持ちで書きますので、読まれる方々にも、後書きという形の雑記として少し離して軽く目を通していただければ、なんぞとまずはお願いしておいたりしましょう。

それでも、二十四年って短くはないですよね。その頃、まだ我が家には存在しなかった命が今、そろそろサークル活動を引退し、就活を始めた女子大生だったりします。びっくりです。

二十四年、いえ、二十六年前、私は〈物書き〉とはまったく縁のない生活をしていました。小説や漫画は好きでずいぶん読みました。収集癖もあって、当時、私の家には小説が約五千冊、コミックスが三万冊くらいありましたね。壁二面が天井まで作り付けの、スライド式の本棚で埋まっていました。今思い出しても壮観、圧巻でしたね。

ただ書く方はというと、大学の頃に所属していた放送研究会でラジオドラマのスクリプト（台本）は書いたことがありましたが、原稿用紙を重ねるような執筆は他には卒業論文くらいだったでしょうか。それが今では小説家として飯を食っているのですから、人生とは摩訶《まか》不思議なものです。

私が小説家になる切っ掛けの二十六年前は、ちょうどバブルが弾《はじ》け、世の中は不景気の真っ只中にありました。外に出ても経費が掛かるだけだから社内から出ない、なんて営業部員が巷《ちまた》に溢《あふ》れていました。私もご多分に漏れず、そんな一人でした。自営業でしたが、ルート営業が生業《なりわい》だったので、会社兼自宅のある街の狭いエリアから外には、なかなか出なかったように思います。

そんなとき、ふと立ち寄った自宅近くの書店で目にしたのが、〈歴史群像大賞受賞〉の立派な帯がついた、富樫倫太郎《とがしりんたろう》さんの『修羅の跫《しゅらのあしおと》』というノベルスでした。当時、私は特に菊地秀行《きくちひでゆき》さんや夢枕獏《ゆめまくらばく》さん、山田風太郎《やまだふうたろう》さん等のいわゆる伝奇小説が好きで、漁《あさ》るようにして読んだものです。

富樫さんの『修羅の跫』もそれらに類する小説で、読めばやはり私の好きな物語でした。と同時に、

（こういう破天荒な物語を書いて百万円か。——いいなあ）

とは我ながら情けないですが、偽らざるところの執筆動機になりました。他にすることがない営業兼社長でしたから。

書き上げた伝奇小説「邪眼《じゃがん》」は、残念ながら翌年の受賞作にはなりませんでしたけど。まったくの選外だったようです（受賞は岩井三四二《いわいみよじ》さんの「簒奪者《さんだつしゃ》」）。がっかりはしましたが、この「邪眼」執筆中にふと目にしたワードに惹《ひ》かれ、もう一作だけ、そのワードをタイトルにした物語を書いてみようと思い、そうして完成したのが、翌々年に大賞を受賞することになる「異形の者」でした。

実はこのとき、私が受賞する第七回歴史群像大賞と並行して、同出版社が新たに開始した〈第一回ムー伝奇ノベル大賞〉という小説新人賞も同時募集同時発表でした。贈賞式も一緒です。

取らぬ狸《たぬき》のなんとやらですが、前回歴史群像大賞では選外だった「邪眼」は、もしかしたら同賞向きではなく、むしろ新設のムー伝奇ノベル大賞向きではないのかと考えた私は、同じ出版社だしもう一度応募してみようと、そちらには「邪眼」を送っていました。

（両方受賞したら、百万円掛ける二で二百万円か）

と私は思ったでしょうか、思わなかったでしょうか。

結果としては「異形の者」のみの受賞でしたが、敵もさるもので、受賞後に、

「いやぁ。どっちで受賞させるかって、社内では結構揉《も》めたんですよ」

と、なぁんだ、という話を聞かされたりもしました。良くも悪くも、右も左もわからないデビューの頃の思い出のひとつです。

とにかく「邪眼」も「異形の者」も、どちらも本名での応募だったので、ペンネームをつけたのも、この受賞の吉報に触れた後のことでした。

考える時間はといえば、一時間あったでしょうか。なかったように思います。

顔写真が欲しいと言われ、証明写真を撮って五反田《ごたんだ》の出版社まで持って行ったとき、

「本名だと平凡なんでペンネーム考えてください。出来たら今、ここで」

出版社の人には逆らっちゃいけない、と当時の私は思っていたかどうか。少なくとも人見知りではありました。

で、その場で考えたのが、〈柳蒼二郎《やなぎそうじろう》〉という歴史群像大賞風の名前でした。その由来については今更感満載なので省きますけど。

その後に挙行された贈賞式は、とても良かったですよ。歴史群像大賞ではなく、ムー伝奇ノベル大賞が第一回なので予算がついたのだとハッキリ言われましたが、とにかくなんでもいいです。なんたって、出版関係者を招いて後にも先にもこの年の一回こっきりでしたけど、帝国ホテルでの贈賞式でしたから。

「特に歴史群像大賞の『異形の者』は完成度が高いと聞いているので、四六判でいき

ます」

と社長がスピーチで言ってくださったのも誇らしかったですね。このときは。

その後、出版後の打ち上げで編集担当から乾杯の発声とともに流れるように、

「いやぁ。これ、売れないと思いますけど、すいません。なんたってうちの会社、書店に四六の棚がないんで」

と、なぁんだ、という話をまた聞かされたりもしました。思い出深いですね。

それから紆余曲折《うよきょくせつ》、色々あり、十年ほど柳蒼二郎として書いてきました。そこから〈鈴峯紅也《すずみねこうや》〉になるくだりは、別の雑誌のインタビューにも答えたところです。ただ、そのときしていない話をするなら、新しいペンネームの由来でしょうか。

そもそも私は柳蒼二郎時代、とある編集者から、

「なんで売れないのか知りませんけど、柳さんの本は、玄人《くろうと》受けだけはしますよね」

なんぞということは言われていました。

そこで警察小説を書くにあたり、今度は玄人受けしなくていいから素人《しろうと》受けする小説を目指そうという想《おも》いから、柳蒼二郎と真逆のペンネーム（私なりの）を付けることにしました。

姓は柳がひと文字であることからふた文字以上で、木偏《へん》に勝つには五行思想から金、あるいは金偏だ、と決めて行き着いた漢字が鈴で、ふた文字以上となって選んだのが

鈴峯です。

名は蒼二郎が三文字なのでふた文字以下で、蒼の反対は朱か紅だ、となって紅也に行き着きました。

このペンネームのお陰か、現在も小説家の端くれとしてどうにか、執筆の依頼はあって糊口《ここう》は凌《しの》げていますし、今回のように旧作をふたたび、世に出す機会をいただけたりもしています。

ああ、そうそう。そういえば本書、『引越し侍』を最初に刊行したときは、またペンネームが違って、七海壮太郎《ななみそうたろう》だったかなあ。

まあこれも、紆余曲折、色々ありの中のひとつでしょうか。二十四年はやっぱり長いですね。

それで何故、七海壮太郎になったかというと――。

ああ。紙面も尽きたようなので、それはまたいずれかの機会に、どこかの後書きで。

鈴峯紅也

二〇二四年二月

小学館文庫
好評既刊

恩送り 泥濘の十手

麻宮 好

ISBN978-4-09-407328-7

おまきは岡っ引きの父利助《りすけ》を探していた。火付けの下手人を追ったまま、行方《ゆくえ》知れずになっていたのだ。手がかりは父が遺した、漆《うるし》が塗《ぬ》られた謎の容《い》れ物《もの》の蓋《ふた》だけだ。おまきは材木問屋の息子亀吉、目の見えない少年要《かなめ》の力を借りるが、もつれた糸は解《ほど》けない。そんなある日、大川に揚《あ》がった亡骸《なきがら》の袂《たもと》から漆塗りの容れ物が見つかったと同心の飯倉から報《しら》せが入る。が、なぜか蓋と身が取り違えられているという。父の遺した蓋と亡骸が遺した容れ物は一対だったと判るが……。父は生きているのか、亡骸との繋がりは？　虚を突く真相に落涙する、第一回警察小説新人賞受賞作！

小学館文庫
好評既刊

土下座奉行

伊藤尋也

ISBN978-4-09-407251-8

廻り方同心の小野寺重吾はただならぬものを見てしまった。北町奉行所で土下座をする牧野駿河守《するがのかみ》成綱《なりつな》の姿だ。相手は歳といい、格といい、奉行よりうんと下に見える、どこぞの用人。なのになぜ土下座なのか？　情けないことこの上ない。しかし重吾は奉行の姿に見惚《みと》れていた。まるで茶道の名人か、あるいは剣の達人のする謝罪ではないか、と……。小悪を剣で斬る同心、大悪を土下座で斬る奉行の二人組が、江戸城内の派閥争いがからむ難事件「かんのん盗事件」「竹五郎河童《かっぱ》事件」に挑む！　そしていま土下座の奥義が明かされる——能鷹隠《のうよういん》爪《そう》の剣戟《けんげき》捕物、ここに見参！

小学館文庫
好評既刊

美濃の影軍師

高坂章也

ISBN978-4-09-407320-1

不破与三郎は毎日愚かなふりをしていた。美濃《みの》国主斎藤龍興《たつおき》に仕える西美濃四人衆のひとりである兄の光治《みつはる》にとって、腹違いの自分は家督相続に邪魔な存在だからだ。下手に目を付けられれば、闇討ちされかねない。だが努力の甲斐なく、与三郎は濡《ぬ》れ衣《ぎぬ》を着せられ、斬首を言い渡されてしまう。辛くも立会人の菩提山《ぼだいさん》城主竹中半兵衛に救われるが、不破家家老岸権七《ごんしち》が仕掛けた罠で絶体絶命に……。逃走を図る与三郎の前に、織田家への鞍替《くらが》えと引き換えに助けてやると言う木下藤吉郎《とうきちろう》が現れたが？　青雲の志を抱く侍が竹中半兵衛や木下藤吉郎らの懐刀になるまでを描く！

小学館文庫
好評既刊

死ぬがよく候〈一〉 月

坂岡 真

ISBN978-4-09-406644-9

さる由縁《ゆえん》で旅に出た伊坂八郎兵衛は、京の都で命尽きかけていた。「南町の虎」と恐れられた元隠密廻り同心も、さすがに空腹と風雪には耐え切れず、ついに破《や》れ寺《でら》を頼り、草鞋《わらじ》を脱いだ。冷えた粗菜にありついたまではよかったが、胡散臭《うさんくさ》い住職に恩を着せられ、盗まれた本尊を奪い返さねばならぬ羽目に。自棄《やけ》になって島原の廓《くるわ》に繰り出すと、なんと江戸で別れた許嫁《いいなずけ》と瓜二つの、葛葉《くずのは》なる端女郎《はしじょろう》が。一夜の情を交わした翌朝、盗人どもを両断すべく、一条戻橋《いちじょうもどりばし》へ向かった八郎兵衛を待ち受けていたのは……。立身《たつみ》流の秘剣・豪撃《こわうち》が悪党を乱れ斬る、剣豪放浪記第１弾！

小学館文庫
好評既刊

人情江戸飛脚
月踊り

坂岡 真

ISBN978-4-09-407118-4

どぶ鼠の伝次は余所様《よそさま》の隠し事を探る商売、影聞きで食べている。その伝次、飛脚を商う兎屋の主で、奇妙な髷《まげ》に傾《かぶ》いた着物をまとう粋人の浮世之介にお呼ばれされた。瀟洒《しょうしゃ》な棲家《すみか》狢亭《むじなてい》に上がると、筆と硯《すずり》を扱う老舗大店の隠居・善左衛門がいた。倅の嫁おすまに悪い虫がついたらしく、内々に調べてほしいという。「首尾よく間男と縁を切らせたら、手切れ金の一割、千両なら百両を払う」と約束する隠居に、生唾を飲み込む伝次。ところが、思わぬ流れとなり、邪な渦に呑み込まれ……。風変わりで謎の多い浮世之介とともに弱きを救い、悪に鉄槌《てつつい》を下す、痛快無比の第１弾！

小学館文庫
好評既刊

春風同心十手日記〈一〉

佐々木裕一

ISBN978-4-09-406843-6

定町廻り同心の夏木慎吾が殺しのあったという深川の長屋に出張ってみると、包丁で心臓を刺されたままの竹三が土間で冷たくなっていた。近くに女物の匂い袋が落ちていたところを見ると、一月前に家を出ていった女房おくにの仕業らしい。竹三は酒癖が悪く、毎晩飲んでは、暴力をふるっていたらしいのだ。岡っ引きの五六蔵《ごろぞう》や女医の華山らに助けを借りて探索をはじめた慎吾だったが、すぐに手詰まってしまい……。頭を抱えて帰宅した慎吾の前に、なんと北町奉行の榊原忠之が現れた⁉　しかも、娘の静香まで連れているのは、一体なぜ？　王道の捕物帳、シリーズ第１弾！

―本書のプロフィール―

本書は、二〇一二年五月に双葉文庫より刊行された『引越し侍　内藤三左　門出の凶刃』（七海壮太郎名義）を改題し、改稿のうえ、再文庫化したものです。

小学館文庫

引越《ひっこ》し侍《ざむらい》
門出《かどで》の凶刃《きょうじん》

著者　鈴峯紅也《すずみねこうや》

二〇二四年四月十日　初版第一刷発行
二〇二四年五月十三日　第二刷発行

発行人　庄野　樹
発行所　株式会社　小学館
〒一〇一-八〇〇一
東京都千代田区一ツ橋二-三-一
電話　編集〇三-三二三〇-五九五九
販売〇三-五二八一-三五五五
印刷所――中央精版印刷株式会社

造本には十分注意しておりますが、印刷、製本など製造上の不備がございましたら「制作局コールセンター」(フリーダイヤル〇一二〇-三三六-三四〇)にご連絡ください。(電話受付は、土・日・祝休日を除く九時三〇分〜一七時三〇分)本書の無断での複写(コピー)、上演、放送等の二次利用、翻案等は、著作権法上の例外を除き禁じられています。本書の電子データ化などの無断複製は著作権法上の例外を除き禁じられています。代行業者等の第三者による本書の電子的複製も認められておりません。

この文庫の詳しい内容はインターネットで24時間ご覧になれます。
小学館公式ホームページ　https://www.shogakukan.co.jp

©Kouya Suzumine 2024　Printed in Japan
ISBN978-4-09-407347-8

第4回 警察小説新人賞
作品募集

大賞賞金 300万円

選考委員

今野 敏氏
（作家）

月村了衛氏
（作家）

東山彰良氏
（作家）

柚月裕子氏
（作家）

募集要項

募集対象

エンターテインメント性に富んだ、広義の警察小説。警察小説であれば、ホラー、SF、ファンタジーなどの要素を持つ作品も対象に含みます。自作未発表（WEBも含む）、日本語で書かれたものに限ります。

原稿規格

▶ 400字詰め原稿用紙換算で200枚以上500枚以内。

▶ A4サイズの用紙に縦組み、40字×40行、横向きに印字、必ず通し番号を入れてください。

▶ ❶表紙【題名、住所、氏名(筆名)、年齢、性別、職業、略歴、文芸賞応募歴、電話番号、メールアドレス（※あれば）を明記】、❷梗概【800字程度】、❸原稿の順に重ね、郵送の場合、右肩をダブルクリップで綴じてください。

▶ WEBでの応募も、書式などは上記に則り、原稿データ形式はMS Word（doc、docx）、テキストでの投稿を推奨します。一太郎データはMS Wordに変換のうえ、投稿してください。

▶ なお手書き原稿の作品は選考対象外となります。

締切

2025年2月17日
（当日消印有効／WEBの場合は当日24時まで）

応募宛先

▼郵送
〒101-8001 東京都千代田区一ツ橋2-3-1
小学館 出版局文芸編集室
「第4回 警察小説新人賞」係

▼WEB投稿
小説丸サイト内の警察小説新人賞ページのWEB投稿「こちらから応募する」をクリックし、原稿をアップロードしてください。

発表

▼最終候補作
文芸情報サイト「小説丸」にて2025年7月1日発表

▼受賞作
文芸情報サイト「小説丸」にて2025年8月1日発表

出版権他

受賞作の出版権は小学館に帰属し、出版に際しては規定の印税が支払われます。また、雑誌掲載権、WEB上の掲載権及び二次的利用権（映像化、コミック化、ゲーム化など）も小学館に帰属します。

警察小説新人賞 検索
くわしくは文芸情報サイト「小説丸」で
www.shosetsu-maru.com/pr/keisatsu-shosetsu/